푸른 편지

KB076117

푸른 편지

노향림 시집

창비

차
례

제 1 부

이름 하나 기억 하나

도원에 이르는 길

　시 한편 내려놓을 집 한칸 짓지 못했습니다 겨우 기찻길
이 지나는 황톳빛 언덕 도원(桃園)에 방 한칸 세 들어 삽니다
내가 말했을 때 당신은 환하게 웃으며 내 창문을 가리켰습
니다 바닷가 갯벌 냄새 물씬 나는 놀 한채 통째로 내준다고
했을 때 잠시 내 몸 안에서는 일파만파 싱싱한 파도 소리가
흘러넘쳤지요

　서향(西向)으로 난 창에 황금빛 놀이 머물면 눈이 시립니
다 불면에 시달리지요라고도 말했습니다 당신은 밤하늘을
날아 내 마음 몇바퀴 돌아도 도원에 이르는 길 찾지 못할 겁
니다 당신이 탄생좌나 찾아보라고 창가에 놓아두고 간 작은
수정(水晶) 새 한마리 언제쯤 정말 날개 퍼덕이며 내 몸의 적
막을 뚫고 날 수 있는지요 결국 이 말은 무릉도원처럼 더욱
깊숙이 숨겼지요

동백숲길에서

아름드리 동백숲길에 서서
그 이름 기억나지 않으면
봄까지 기다리세요.

발갛게 달군 잉걸불 꽃들이
사방에서 지펴진다면
알전구처럼 밝혀준다면

그 길
미로처럼 얽혀 있어도

섧디설운
이름 하나
기억 하나
돌아오겠지요.

누군가 내 몸을 다녀갔다

만 사흘 금식한 뒤 수술대에 올랐다.
집도의는 내 안을 스윽스윽 열고
무엇을 끄집어내었을까.
누군가 내 속에 들어왔다 나간 느낌
단순히 그믐달같이 생긴 수술칼이었을까.
구불거리기만 한 길고 긴 잠의 동굴에 드는 순간에도
분명 나는 허공을 향해 손을 내저었을 텐데
오래전 돌아가신 엄니의 음성이 들렸다.
빨리 깨어나렴, 갯벌이 깊어진다.
곧 밀물 때다. 수술 받은 네 배 위로
퉁퉁 불은 바닷물이 넘친다.
짙푸른 바닷물 적신 몸으로 태어난 너는
까짓 까맣게 그을리면 어떠리.
몸속에 달그락거리는 햇덩이 하나
너의 깊숙한 내부를 헤집어 꺼냈다 해도
설사 거기 난파된 선박이 갈앉아 묻혔다 해도
네 배 속의 길도 뱃길인 거라
아직 가야 할 길이 남아 있는 거라.
갯벌에 빠져 허우적이며 움직일 수 없을 때

어디선가 뚜우 뚜 뱃고동 소리가 들렸다.
깊은 혼몽의 결빙이 풀리면서
내 눈꺼풀로 맨 처음 기어들어온 건
손수건 한장만 하게 뜬 회복실 창문이었다.
나는 방금 어느 외계에서 왔나.
오오래 잊은 세상은 끄떡도 하지 않아서
창밖으로 노란 전구를 갈아 끼운 햇덩이가
노루 귀처럼 솟아오르다 말다 했다.

둔황은 골목 끝에도 있다

『왕오천축국전』, 그 아슬한 천축나라는 갈 수 없다고 눈빛 순한 낙타 한필 보낸다고 했다 둔황까지 가는 길엔 원평반점 심보성 톈안먼 맛집 그 건너엔 자금성 진시황릉 만리장성 홍콩반점 등록 안된 문화유적들이 즐비했다

석굴 중 하나인 지하 금빛동굴로 나를 인도할 거라는 전갈도 왔다 파란불 딸랑거리는 횡단보도 앞에서 나는 낙타와 헤어졌다 낙타는 방울을 흔들며 사막의 모래바람 뚫고 제 갈 길을 갈 것이다 그의 청청하늘의 북극성은 어디쯤일까

마스크를 쓴 채 나는 미발굴 유적을 찾듯 황사 겹친 미세먼지가 엷은 탄가루처럼 날리는 허름한 골목에 들어섰다 막고굴 모양의 좌우 반점들마다 딱 딱 따다닥 딱 딱 반죽을 수타로 힘껏 내려치는 소리 경쾌하다 하나같이 저들은 하양 가운에 하양 모자를 쓰고 하얗게 국수를 뽑으며 쉼 없이 무슨 수행을 하는 걸까

긴 골목 끝에서 나는 삐걱대는 지하 둔황굴 문을 밀치며 들어갔다 자장면! 독송(讀誦)하듯 나는 주문을 던진다 황금

색 칠 벗겨진 계산대 아주 작은 나무 의자에서 낮잠 삼매에
든 주인은 이내 주방을 향해 자장몐! 소리친다 오랜 기다림
끝에 나온 자장면 한그릇의 희귀 경전을 면발 하나하나 먼
길 온 혜초처럼 또박또박 읽으며 나는 나를 비우고 나왔다

소금꽃

고사목 한그루가 도요새처럼 고개를 곧추세우고 섰다. 폐염전에 오면 어린 날의 기억이 쫑긋대는 내 귀를 불쑥 잡아당겼다 놓는다. 두런두런 웅성대는 말소리들 아직껏 염전 웅덩이에 가라앉아 있나보다. 웅덩이에 빠진 하늘이 금세 눈시울 뜨겁게 저녁놀과 함께 수면을 붉게 물들인다.

그해 여름 아버지는 땡볕뿐이던 염전을 갈아엎었다. 인부들을 불러 모으던 땡땡이종은 소리 죽였고 날마다 빚쟁이들은 아버지의 멱살을 붙잡고 놓질 않았다. 탁사발이 아버지의 얼굴인지 아버지의 얼굴이 탁사발인지 술독에 빠진 그를 누구도 말리지 않았다. 아버지는 소금 든 바닷물을 가두지도 않았다.

그의 혀와 등에는 이내 하얀 소금꽃이 피어났다. 나뒹굴어진 수차와 갈라진 장화에도 피어났다. 만지면 손이 베일 것 같은 날카롭고 투명한 꽃. 우린 그 꽃잎들이 부드럽게 녹을 때까지 똑바로 바라보지 못하고 울음 잊은 도요새처럼 지내는 날이 많았다. 무시로 파랑 치는 바다가 들락거리곤 했다.

무녀도

　무녀도엔 무녀가 살지 않는다. 아직도 댓돌 위에 놓여 있는 삭은 고무신 한켤레. 까치박달나무에선 바람이 쉼 없이 바스락거린다. 앞니 없는 입을 오므린 무녀를 모두가 이모라 불렀다. 아이들이 돌을 던져도 풀밭에 잃어버린 바늘을 찾는다고 빙빙 돌기만 하던 그녀. 나뭇가지에 길고 성근 머리칼 묶인 노을이 붉게 타오르다 사위고 타오르다 사위었다. 원양어선을 타고 나간 아비들은 영영 돌아오지 않았다. 그녀의 점괘가 엇나간 탓이라고 바람이 아흐아흐 승냥이 울음소리로 원망 쏟는 곳. 빈 우물을 들여다본 바람이 뒤란을 돌아 나오며 알아들을 수 없는 말을 혼자서 중얼거린다. 서슬 퍼런 바다가 숨어들었다가 슬그머니 도둑고양이처럼 물러나곤 했단다. 그믐달이 댓돌 위 고무신 속에 닻을 내리고 둥그렇게 정박한다. 함께 내려온 기억도 잠시 정박 중이다.

물새알들의 꿈

방조제 조개껍질 무덤에
깊숙이 숨은 물새알들은 밀려오는 파도의 높이가
오늘도 예사롭지 않음을 미리 안다.
먼 곳 뇌성이 울고 하늘 허물어질 듯
번개 번뜩이면 강풍에 수직 낙하하는 파도 소리가
숨죽인 알들에게 암호문을 송신한다.
어미 새가 돌아오지 못할 거라는,
어쩌면 어미 잃을 거라는,
이 막막한 암호문을 해독하지 못한 채
물새알들은 어떤 강풍에도
집채만 한 파도에도 휩쓸려가지 않으려 안간힘 쓴다.
시간을 걸어 잠그고 빈 둥지인 듯
잠시 바닷물에 흔들흔들 떠 있기도 한다.
어미 새가 먹이를 구하러 나갈 때
쾅쾅 못 박듯 입구를 나뭇가지로 걸어 닫아
세차게 퍼붓는 빗속에서도
물새알들은 둥지를 단단하게 지킨다.
살아남는다.

무량리

무량리행 버스는 하루 한차례뿐이다.
이정표 앞에 멍하니 서서
무량리, 하고 입속으로 부르며
무량한 한 사람 만나고 싶다고 생각하는 사이
길 잃은 마음이 먼저 앞서가며 닿는다.
다 닳은 돌쩌귀 매단 문설주가 쨍쨍한 햇볕에
몸 말리며 서 있는 곳
서슬 푸르렀던 지난 시간들이 자질자질 잦아들고
길가엔 벌써 머리 희끗해진 풀들이 나와 있다.
강심 깊숙이 걸어들어간 투망꾼 몇이서
왁자하게 그물을 던졌다 건져 올리는 소리
이리저리 튀는 물고기들을 잡았다 놓아주는 소리
길에서 산짐승을 만나도 피하지 않는 곳
무량리를 주머니 깊숙이 접어 넣고
부력을 잃고 뜬 물고기처럼 무심히
시간을 강에 빠뜨리고 느릿느릿 걷고 걷는다.

푸른 편지

　작은 창문을 돋보기처럼 매단 늙은 우체국을 지나가면 청마가 생각난다 '에메랄드빛 하늘이 훤히 내다뵈는 창유리 앞에서 너에게 편지를 쓴다'는 청마 고층 빌딩들이 라면 상자처럼 차곡차곡 쌓여 있는 머나먼 하늘나라 우체국에서 그는 오늘도 그리운 이에게 편지를 쓰고 있을까 '사랑하였으므로 나는 진정 행복하였네라'라고 우체국 옆 기찻길로 화물열차가 납작하게 기어간다 푯말도 없는 단선 철길이 인생이라는 경적을 울리며 온몸으로 굴러간다 덜커덩거리며 제 갈 길 가는 바퀴 소리에 너는 가슴 아리다고 했지 명도 낮은 누런 햇살 든 반지하에서 너는 통점 문자 박힌 그리움을 시집처럼 펼쳐놓고 있겠다 미처 부치지 못한 푸른 편지를 들고 별들은 창문에 밤늦도록 찰랑이며 떠 있겠다

낙원, 그 하루

낙원상가 앞에서 길을 잃었다. 길을 묻자 층계로 올라가시죠, 지하철을 내려 방금 올라왔는데요. 비원이 먼 기억처럼 낡아간다. 낙원, 환약같이 내 혀끝에 싸하게 녹는다. 어느 행성인지 도달할 수 없는 몇억광년의 낙원! 나는 눈 시린 해를 손차양으로 가린다.

오늘 하루 낙원에 오르고 싶다. 내 구둣발로 오르기는 너무 무거운 하늘 위일까. 상가로 접어들까 말까 망설이는데 광을 내주겠다며 구두코를 닦아주는 구두약 장수의 때 긴 손, 오랜 동안 골목 담벼락에 매달려 먼지 긴 거울들. 좀처럼 팔리지 않아 스스로의 무게로 견디는 거울 속엔 이 동네 푸르스름한 옥양목 하늘빛이 영롱하다.

긴 낙원 길이 미로 같다. 주차한 차량 만차이고 갑자기 신호등이 몇번 켜졌다 꺼졌다. 대낮의 방범등 불빛 어지러운데 상가로 올라가세요, 커다란 삐에로 모습의 풍선 인형이 외계인처럼 확 불시착하는가 싶었는데 나는 그때 눈앞에서 아슬아슬 낙원을 놓쳤다.

혼의 축제

예수가 떡 다섯개와 물고기 두마리로
배고픈 군중을 배불리 먹였다는 기적
마태복음 한 대목 읽다가
폐결핵으로 젊은 나이에 죽은 외삼촌이 떠올랐네.
겉장이 다 뜯겨나간 낡은 성경을 끼고 다니던 그는
심한 각혈을 쏟아내면서도
축제 속에서 죽음을 환하게 맞고 싶어했네.
살과 뼈를 바람에게 나누어주고 가고 싶다는 소원대로
압해도가 내려다보이는 벼랑에서 풍장은 치러졌네.
한발짝만 헛디뎌도 삶과 죽음이 엇갈리는
해발 팔구백의 깎아지른 벼랑 위
날카롭게 철제 빔 박는 정과 망치 소리 요란했네.
축제를 향해 몰려든 사람들은 쌀과 요령 소리 앞에
아찔한 곳에서 발 헛디딜까 인부들의 안전을 빌었네.
오뚝하니 의자에 앉아 한 손에 성경을 들고
죽음을 맞이한 생전의 자세 그대로
풀로 짠 요람에 그의 몸을 눕혔네.
엎치락뒤치락 등 돌려 우는 센 파도 소리 들으며
그의 가난한 영혼은 아주 가벼이 떠서 떠났네.

낙뢰가 때리는 날엔 암만 암만, 풍장은 축제라고
늘 말하던 그의 굵은 목소리가 찌렁찌렁 울리는 것 같네.
구름 사이 각혈처럼 토해놓은 선홍빛 노을 속
끼룩끼룩 우는 바닷새들과 함께 그는 날고 있으리.
물결 소리가 속삭이듯 잔잔해질 땐
순한 파도에 떠 있는 그의 넋이
지금도 설핏 보이는 듯했네.

손금에 관한 비망록

밀물 땐 바닷물이 집집의 마당까지 들어오던 마을, 손금점 치던 눈먼 중년의 사내가 살았지 보이지 않는 그의 눈은 늘 허공에 꽂혀 있어 잡동사니 별자리나 짚어낼 거라고 수군대면서도 사람들은 언제나 문전성시를 이루며 그 집을 드나들었다 보이지 않는 눈으로 남의 손이나 더듬고 만지면서 함부로 운명을 팔고 있다고 어머니는 내게 그 집 앞을 멀리 돌아가게 했다 미로같이 얽힌 손금을 연금술사처럼 하나하나 짚어나가면 어떤 궤도를 타고 숨은 별자리가 나타날까 한 사람의 생애가 실금 한줄에 은닉될 수 있다면 캄캄한 앞날이 갑자기 환하고 무량하게 열려준다면 그런 행운의 별이 나에게 덮쳐와도 좋을 것 같았다

별자리만 생각하다가 그 무렵 돌림병이던 말라리아에 걸려 고열에 시달리기도 했다 집채만 한 별이 내 온몸을 향해 덮쳐와 헛손질하다가 그만 깨어나면 밖은 캄캄했고 거세게 밀물 드는 파도 소리뿐 열에 들떠 땀 쥔 손바닥만 하염없이 더듬다가 나는 새벽을 맞았다

오늘은 무심코 눈먼 사내가 고개 쳐든 채 지팡이로 길바

닥을 밀고 당겨서 오래 더듬으며 지나가는 것을 본다

낙원 가는 길

낙원은 어디일까 이층 악기 상가를 오르는데 트럼펫 소리가 들린다 니니 로쏘의 「밤하늘의 트럼펫」 환한 낮에 이 진혼곡을 트럼펫으로 부는 이는 중절모를 쓴 허름한 차림의 사내다 그에게서 아버지를 만난다

툭하면 트럼펫 분다고 단벌 흰 양복에 흰 모자 그리고 커다란 여행 가방 하나 들고는 휙 나가버리곤 했지 그 가방 안에는 언제나 반짝반짝 윤이 난 트럼펫이 들어 있었다 당신만의 낙원을 찾아 무한으로 한없이 빨려들어가는 동안 팽개친 생계는 늘 어머니 몫이었다

그 시절 목포역 앞 중절모를 맨바닥에 벗어놓고 트럼펫을 불어제끼는 추레한 한 남자를 보았다고도 하고 낯선 선창가에서 트럼펫 소리가 들리더라는 소문도 떠돌았다 모자 속에 돈을 던져주거나 그냥 지나쳤을 사람들

그렇게 몇푼의 돈을 챙겨 아버지는 환한 얼굴로 세계 명작 동화 몇권을 사 들고 와 나에게 넌 꼭 시인이 되라고 부추기곤 했었지

트럼펫 소리가 그치고 사내도 어느덧 보이지 않는다 도심
의 낙원 옆 외딴섬 파고다로 갔을까 할 일 없는 잡담들이 부
유물처럼 떠돌다가 정오가 되기도 전 일시에 행렬을 이루는
곳 저 긴 줄 속에 그는 동화책 아닌 한끼 공짜 점심을 위해
서 있을 거다

금빛 기차역

황금빛 세모래 위로
강물이 느릿느릿 한낮을 끌고 갈 뿐
몇량의 무거운 구름이 들여다보는 금남리역
늙은 역장의 수신호에 따라 달리고 멈추던 완행열차는
기억조차 없네.

다만 붉은 샐비어들이 담장을 치며 땡볕에 혀를 내밀고
있네.
기찻길 옆 샐비어가 유난히 붉은 건
외로움을 타기 때문이라고 너는 더듬거렸지.
허술한 대합실 난로 위엔
시꺼멓게 그을린 양은 주전자 하나
금빛 기차를 놓친 우린 서먹해져서
등 돌려 식은 보리차를 나눠 마셨을 뿐이네.
기차 시간표도 없네, 나는 중얼거렸지.

역장이 흔들던 땡땡이종 소리가
문짝이 떨어져나간 출구를 지나
선로의 침목을 따라 사라져갔네.

추억을 찾아 헤매는지 배낭 멘 헙수룩한 사내가
바닥에 잠시 주저앉았다 일어나 어스름 속으로 사라지네.

열차들이 거친 숨 달래다 떠나던 간이역,
그 속에 홀로 남겨지면 황금빛 모래 털고 일어나
달려온 길들 끌고 가는 수백리 길 강물처럼
나는 스스로 떠돌이가 되어 흘러가리.

봄날 한채

저녁노을 속을 누가 혼자 걸어간다.
높은 빌딩 유리창을 황금빛으로 물들이며
거대한 낙타처럼
터덜터덜 걸어내려간다.
강변 둔치까지는
구름표범나비 등을 타고 넘어갈까
황사바람 누런 목덜미를 타고 넘어갈까
잠시 머뭇거린다.
타클라마칸 혹은 고비가 내 마음 안에도 펼쳐 있고
모래 위에 환한 유칼리나무
잠시 피었다가 지워진 아치형 길이 홀로 뚫려 있다.
시끄러운 세상은 돌아보지 마라
매정하게 채찍 휘두르며 낙타 등에 올라
그 길을 느리게 아주 느리게 누가 혼자 넘어간다.
봄날 한채가 아득히 저문다.

제 2 부

나는 쓰러진 적 있네

내 마음의 몬순

불시에 폭우를 온몸에 맞고 보니 문득 인도의 맨발 짐꾼들 쿨리가 생각난다. 세상에서 짐 나르는 일이 제일 행복하다는 이들은 쪽방 한칸에 세 산다. 마치 아크로바트 공연하듯 서로 몸 엉킨 채 밤잠 설쳐도 불평 없이 나날을 살아낸다. 몇달을 씻지 않아 역한 냄새 진동해도 아랑곳하지 않는다. 작은 손수레 하나가 이들의 전재산이다. 잦은 비에도 일이 있어 행복하다며 위탁받은 짐들을 싣고 배달 가는 멀고 힘든 노역. 때로 흙먼지 뒤집어쓴 길 없는 길을 가야 한다. 장터에서 등물도 하고 포장마차에서 공짜 음식을 얻어먹기도 한다. 칫솔 대신 나뭇가지로 입을 헹군 뒤 짐수레 밑으로 들어가 잠을 잔다. 짐수레는 집이다. 수레를 끌고 며칠이나 걸려 목적지에 도착해야 비로소 끝이 난다. 화주들이 먹을 것과 망고를 덤으로 주면 끼니를 대신한다. 운 좋게 그곳 상인들이 탁송한 짐을 잔뜩 싣고 되돌아올 때 또 이들은 기도한다. 모쪼록 큰 수레를 장만하게 해달라고. 시도 때도 없이 폭우 쏟아지는 몬순 철에도 짐만 비닐로 덮을 뿐 흠뻑 젖은 채 묵묵히 빗속을 뚫고 가는 쿨리. 양보와 행복은 길에도 있고 긴 장마 지는 내 마음에도 범람하고 있다.

천국의 계단

천개의 계단을 오르는 길은 좁고 가파르다.
가파른 능선을 등진 산동네 슬레이트 지붕들
센 강바람에 날아갈 듯 펄럭인다.
장딴지 굵은 한 떼의 바람이 올라갈 뿐
평일에는 이 계단을 오르는 이 드물다.
이따금 운동모를 쓰고 뒷걸음질로 느리게
오르는 햇빛 두어명
하지만 일요일이면 천국 가는 천개의 계단을
일사불란하게 오르는 사람들
아치형 대문이 삐걱대는 소리 죽이며
한없이 팔을 벌려 이들을 맞이한다.
주여 주여, 합창 소리에
훤히 이마 벗어진 하늘 앞에서
가난한 이들 마음을 여닫는 소리
파아란 물감으로 색칠해놓은
스테인드글라스 맨 꼭대기 창문이
눈 시린 주일 아침.

하와이

나는 아직 하와이섬에 가본 적이 없네.
해남 땅끝마을 해풍으로 키웠다는 배추를 씻다가
불현듯 목에 걸리는 먼 기억 속 하와이
목포발 서울행 완행열차는 송정리역에 서면
화물칸마저 발 디딜 틈 없이 만원이었네.
부모님이 내 등 힘껏 떠밀어 간신히 올라타면
열차는 쉭쉭 증기를 내뿜으며 서울로 떠났네.
어머니가 싸준 삶은 계란과 도시락도 꽁꽁 얼고
반나절 서서 떨며 도착한 서울은
무릎까지 빠지는 눈만 쌓여 있었네.
성공해서 내려오라며 차창 너머 손 흔들던
부모님 모습이 출렁이는 돛폭처럼 부풀어 와
나는 서울역 광장 시계탑 아래 혼자 오래 서 있었네.
고등학교 첫 수업 시간
선생님의 질문이 떨어지자
'모르겠는디요' 정직하게 답했을 뿐인데
반 아이들이 교실 바닥 떠나가라 발 구르며
자지러질 듯 웃음바다를 이루어
그 자리에 선 채 나는 하와이가 되었네.

그때까지도 그 말의 뜻 몰라 애태우다

하와이, 어느 순간 광속의 빛으로 내 속을 통과해 그 뜻 스스로 헤아렸네.

미국령이지만 미국과는 멀리 떨어져 있는

북태평양 작은 섬.

종종 나는 손안의 구슬처럼 오래 만지작거리다

햇빛 속에 그 섬을 이리저리 굴려보곤 했네.

갯벌과 놀던 손에 그렇게 닳고 닳았지만

갯내 싱그러운 고향 하와이,

나만큼 늙으신 부모님이 나를 기다리는

추억 속 변함없이 반짝이는 나의 아름다운 섬.

힐링 캠프

새벽 숲 한쪽에 몰려선 사람들은 안내원 없이 각자 걸어 들어가기로 했다 나는 껍질 벗겨진 물박달나무 검은 몸피에 주파수를 맞추기로 했다 짓무른 맨살로 서서 한겨울에도 빛을 발하는 저 나무들 등을 기대면 찌르르르 수만 볼트의 전류가 흘러들어올까 식은 가슴에도 사랑이 충전되어올까 몸에 물이 많아 네 미세한 신경 줄이 끊겨졌다는 소문 내 몸속 세포와 세포 사이에 멍울이 있다는 소문 그러나 다 해져 너덜너덜해진 잎 두르고 선 물박달나무 앞에 와 나는 뜬소문들을 꺾어낸다 물로만 지어졌어도 나무들의 몸속은 전류가 흘러 후덥지근했다 몰려선 빈 가지들 너울너울 동작 큰 춤을 춘다 각설이타령 한번 읊어보소 바람이 읊는 소리 먼 허공에서 메아리가 울린다 나 전생에 놉으로 살다 왔소 잉 왔소 잉 물소리 찾아 왔소 잉 왔소 잉 누군가 되받아친다 얼씨구씨구 들어간다 작년에 왔던 거지 죽지도 않고 또 왔네 품바품바 쏴아쏴아 숲 전체기 떼창하듯 각설이타령을 하늘에다 폭포처럼 쏟는다 소리가 소리에 업혀 공중을 떠다닌다 점점 거세어지는 물소리 바람 소리가 숲을 깊숙이 갈아엎는다 어둠에 흠뻑 젖은 나는 나무의 몸 밖으로 빠져나온 시각도 다 잊었다

느릅나무를 숨 쉬다

제주바다를 끌어안은 채
겨울 칼바람을 견디며 서 있는 그를 보았다.
이른 봄 채 녹지 않은 눈 속에서도
자홍색 만개한 으름덩굴이 제 어깨를 감싸 안아줄 때까지
제 몸속 코르크가 큰 혹 덩이로 자라나기까지
혹으로만 숨 쉬는 혹느릅나무,
나는 뿌리 드러난 그의 언 발을 슬며시 만져보았다.
단단하기만 했다.
무엇을 위해 그는 제 몸속 감옥을
저처럼 견디고 있는 것일까.
노란 무늬 잎이 새로 돋아날 때쯤
싱싱한 생각들을 밤새 켜놓고
제 몸속에 불꽃 환하게 피울 날 올 거라는 믿음 하나로
그는 혹을 키우며 서 있을 거다.
아니, 날아다니고 있을 거다.
그런 그를 보기 위해 밤이면 꿈속처럼
나는 제주 바닷가 하늘을 날아다녔다.

아스피린

약발이 무엇인지도 모르던 때 나는
아스피린 한움큼 집어 먹고 쓰러진 적 있네.
기역 자로 꺾인 한옥의 뒤란 맨 끝 방에서
폐병 말기로 사촌오빠가 세상을 떴네.
출입 금지!라 쓰여 있던 서창엔
밭은기침 소리와 잦은 각혈이 이미 죽음을 예고했었네.
페니실린을 구하지 못해 무작정 아스피린 한움큼씩
삼키다가 나이 서른을 넘기지 못하고
죽은 그 오빠
임종하는 날 세상이 왜 이리 알약만 하냐
세상에서 제일 싫은 게 아스피린이란
말을 유언처럼 남기고 숨을 거둘 무렵
건조한 하늘에선 그의 기침 소리 요란했네.
초점 잃은 눈동자에서 화악 꺼지던 노을 한점
그뒤에도 불빛 환히 켜진 방문 앞을 지나갈 때면
발소리 죽이며 듣던 밭은기침 소리 문득 들리고
산도 같은 세상의 구멍을 아스피린 한알만큼도
뚫지 못해 스러진 한 생을 기억하네.
어쩌다 그가 남긴 아스피린 한움큼 집어 먹고

약발이 무엇인지도 모르던 때 나는
쓰러진 적 있네.

그림 전시장에서

김점선

햇빛 쨍한 화창한 날이면
아무 일 없어도 세상이 아름답다던
그녀의 화폭 앞에 선다
생전에 그녀는
황금색 점과 선으로만 해를 옮겨놓아
광기처럼 주체할 수 없는 어지러움을 화폭에 쏟았다
이 거지 같은 세상이 하도 푸르고 싱싱해
곧잘 눈물을 쏟았다는
그녀의 화폭 안에는
먼 시원의 청색 빛깔로 출렁이는 바다에서
하얀 말들이 섬세하게 갈기를 휘날리며 놀고 있다
또다른 화폭에선 고래들이 뛰노는 바다에서
말 한쌍이 얼굴과 얼굴을 서로 겹쳐 입 맞추며
사랑을 나누기도 한다
지금도 그녀는 또 어디서 이 세상을 갈아엎기 위해
뜨겁게 눈물을 쏟고 있을까
색채로 풀어내기에는 세상이 늘 비좁다고
지금도 그녀는 그림 속에다 말 건네는데
차마 발길을 쉽게 돌릴 수 없는

슬픔과 절망을 짓이겨 바른 광기의 색채 밖
세상이 갑자기 조용하다 적막하다

꽃이 지면 날개만 남는다

꽃이 지면 날개만 남는다는 것을
미리 알고 있는 걸까.
이제 순한 연초록 귀로
밤의 속삭임을 들으며 제 몸속에
조금 남아 있을 물기를 털어내며
꽃들은 미처 땅에 내려오지 못한 것들
손짓해 불러 내린다.
아직도 눈앞에 서성대는
몇잎의 수은등과 별빛을 켠
몇발짝 앞 허공도 불러내어
낮은 자세로 모두 내려왔을 때
생의 미궁을 보아버린 자의 의연함으로
적멸을 향한 자의 처연함으로
파란 하늘가에 잠적하는 꽃
언젠가 다시 올 이승에 망설임 없이
제 허물 스스로 벗어 던져버리고
발 힘껏 내디뎌 단 한번 튕겨 오른다, 올라간다.

거꾸로 뜬 저 무수한 꽃잎 떼의 군무

한점 우주를 향한 미확인 물체

시계는 낙타 울음소리로 운다

네 발굽 접고 주저앉은 우리 집 벽시계는
카랑카랑 낙타 울음소리로 시간을 운다.
매시간 숨죽이며 듣는 내 안의 낙타 소리
둥그렇게 몸을 말아 목에 건 방울을
쩔렁이며 길게 운다.

정체 모를 대상(隊商)이 잠복해 있다가 불쑥 나를
모래 폭풍 속으로 태워다 놓는다.
뜨겁게 타오르는 열기와 한밤의 추위가
번갈아 몰아치는 사막 한가운데서
굶주린 낙타떼의 주리 틀리듯 짧은 비명 소리
내 귀에 줄곧 이명으로 울린다.

그림 속 노랑무늬붓꽃은 사막 목초지인
우루무치에서 반딧불이만 한 몸들 서로 비벼주며
불꽃 가물가물 일으켜 길을 밝히지만
이내 순간에 저무는 것들뿐 아무도 지나가지 않는다.

언젠가부터 고장난 내 안의 벽시계는 기척 없이 걸어나와

거실에 앉아 골똘히 생각에 잠기곤 한다,
분갈이 시기를 놓쳐 잎마름병으로 검게 탄
늘골이 드러난 벤저민고무나무 화분 아래
어지러이 찍힌
저 낯선 짐승의 커다란 발자국들.

채밀꾼

석청을 채밀하는 사냥꾼들은
여러날을 산속에서 보낸다.
혼신을 다해 구도하는 심정으로 산에 오르는
이들의 작업은 시 한편 찾는 일과 같으리라.
이들은 산에 오르기 전 목욕재계하고 누구와도 말을 섞지
않는다.
사람 눈에 띄지 않는 첫새벽
간단한 낱말 몇벌만을 챙겨 산으로 향한다.

암벽을 타고 먼저 오른 두세 사람
나무둥치에 줄을 묶어 아래로 내려보내면
그 줄을 탄 채밀꾼은 곧 무너질 듯한 돌 틈 사이를 주시
한다.
거기 말의 핵심이 숨어 있을 만해서다.
순식간에 핵심을 꺼내면 일부는 남기고 나머지는
재빨리 되넣어준다. 다음의 시편을 위해서다.

야생의 생각들은 자기방어를 위해 사납다고 한다.
망을 쓴 얼굴이나 두꺼운 점퍼도

때로 말벌떼처럼 사정없이 뚫고 상상력을 쏘아댄다.

센 비가 내리치면 산속은 금방 캄캄해져 방향감각을 잃게
만든다.
우울과 고독의 습격을 막기 위해
챙겨간 비닐 장막을 치고 손전등을 켜놓아 견딘다.
여러날을 견디다 먹을 게 떨어지면 아끼던 금빛 낱말들을
한숟갈씩 나눠 먹으며 고립을 견디어낸다.
이들은 빈손으로 하산할지라도 다음에 오를 시가 있어
금방 내려온 산을 쓰윽 지운다.

결국 실패한 채밀의 반복이 작품 쓰기의 핵심이라는 것
시 한편을 찾는 일은 늘 그러하다.

아침놀 속을 걷다

소복 차림 가을이 타고 있다.
하얀 재 가루가 몇줌씩
강물 위로 쏟아져내린다.
마음과 살을 모두 비운 누군가가 떠났나보다.

아침놀은 때로 울음일 때가 있다
물결이 잠시 어깨를 들썩이다 잠잠해진다.
보트 위에서 한 사내가 가을을 감싸 안는데
강물은 아무 일 아니라는 듯 다시
제 갈 길대로 아래로만 흘러간다.
나는 다시 붉은 아침놀 속을 걷는다.

누란행 지하철을 타고

전동차 출입문이 닫히고 눈매 깊숙한 이국 여자가 내 옆 좌석에 앉는다 작은 체구에 크고 둥근 청옥 귀걸이를 달았다 귀걸이는 열차가 덜컹거릴 때마다 달랑거린다

서역의 위구르자치구에서 왔을까 한때 찬란했던 누란왕국이 무너진 그 자리엔 수세기의 시간들이 쌓여 있다 거기 유물관 관(棺) 안에는 미라들 다 삭은 비단옷에 덮인 채 누워 있다 부장품 청옥 귀걸이만 변색 없이 늘 푸르게 놓여 있는데 그녀가 언제 일어나 여기 온 걸까

지하철은 어느새 강 건너 더 먼 초소형 행성으로 달린다 은하철도 999처럼 추억을 헤치고 캐러밴들이 다녔던 공중 사막 길 마악 접어드는데 누군가 깜박 졸고 있는 나를 흔들어 깨운다 벌써 불빛들 뻥뻥 뚫린 어둠 속 종점이 창밖으로 펼쳐지는 여기는 그 옛날 무너진 왕국 누란?

먼 누란은 포구에 있다

끝 간 데 없이 펼쳐진 억새 군락지
녹슨 폐선로가 철거돼 쌓여 있는 길 옆
컨테이너 박스가 덩그러니 주저앉아 있다.
뿌옇게 내려온 햇빛 속 유목민의 유르트 가옥 같다.

공단 이국 노동자들 맞교대한 뒤
모두 낮잠에 빠져들었는지 사방이 고요하다.
철 지나고 해진 꿈처럼 알록달록 널린 빨래들
센 바닷바람에 펄럭인다.

마른 갈대처럼 서 있는 여자와 마주쳤다.
위구르족이고 이곳 쏘래까지 왔다고
서툰 우리말을 던진다.
깡마른 몸매에 웃음기 없는 입과 깊고 큰 눈,
숯보다 짙은 그늘 고여 있는 눈은
외로운 가을 하늘인 듯 맑고 차갑다.

아직도 간이 숙소 옆을
덜컹대며 굴러가는 협궤열차 바퀴 소리

모래바람 우는 먼 서역 땅
누란왕국으로 달려가는 말발굽 소리로 들리는 걸까
그녀의 큰 귀 뒤로 넘긴 머리칼이 한쪽으로 쏠린다.

컨테이너 박스 몸체를 향해 산발한 억새들의
쏘래 쏘래 아우성이
이따금씩 무성해지는 소래 포구.

달맞이꽃 핀 2

바닷가 언덕바지 늙은 느티의 몸통엔
움푹 팬 신검 자국이 아직도 선명하네.
짙푸른 이파리들은 스사스사 책장 넘기는
소리로 먼 바다를 향해 수화를 하네.
느티 옆 쓰러질 듯 주저앉은 신당 한채
녹슨 양철 지붕과 떨어져나간 문짝
파도들의 웅성거림이 집 여기저기 박혀 있거나 흩어져 있네.
오래전 이곳에 한 여자가 살았네.
만월에 홀려 눈 풀어진 그 여자
입안에 혀끝의 옹알이만 잔뜩 물고 있던 그 여자
환한 보름달 피면 속곳 차림으로 나와
사뿐사뿐 작두 위에서 몸 흔들며 춤판을 벌였네.
잎사귀들 사이사이 날 선 신검 부딪는 소리
날카롭게 번뜩이며 푸른 불꽃으로 일렁였네.
느티 둥치 뒤에 숨어 무서움 속에 늦도록 훔쳐보던
또래의 아이들 오줌 지린 채 부모에게 끌려가곤 했네.
다음 날이면 어김없이 먼바다에서 뇌우가
우르릉우르릉 비를 몰고 왔네.
양철 지붕을 때리는 빗소리에

맨발로 갯벌을 헤매 다니던 그 여자
국숫발 같은 굵은 비를 입 벌리고 먹던 그 여자
제 배 속에 들어찬 만월은 보지 못하고
신당 둘레 곳곳에 보름달 보듬고 눈물인 듯
달맞이꽃만 아롱아롱 피어나 있네.

그리운 서귀포 4
이중섭

내 몸에도 정체불명의 물고기가 살아요
섶섬이 바라다보이는 언덕엔
등 굽은 야생 매화나무들이
밤이면 유령처럼 쏘다니고 있어요
그 잎, 입들이 두런두런 말을 걸어와요
쏴아쏴아 파도 소리에 쏠리며
한쪽 귀가 다 닳은 나뭇잎들,
굼실거리는 지느러미를 매달고는
은갈치 어랭이 벵에돔 자바리
수중의 물고기가 되었을까요
별들은 매화나무 가지에 내려와
비좁은 방을 기웃거려요
빛도 들지 않은 빈방에서
은박지에 물고기가 그려진 그의 벽면에서
미라처럼 발굴된 말은
사랑한다 사랑한다 사랑한다
피항하듯 벼랑 아래로 숨어든
갈치잡이 배나
외눈박이 알전구 눈들 빨갛게 치켜뜬 채

두근두근 엿들어요

내 안의 저녁 풍경

배밭 너머 멀리 저녁 구름이 걸렸다
필라멘트 불빛처럼
역광이 구름 틈새로 새나오고
당신은 아직도 바다를 향해 앉아 있다
등 돌려 텅 빈 독처럼 앉아 있는
당신에게 시간은 저녁을
가득하게 퍼 담고 있어
하얗게 지는 배꽃들이
당신의 발등과 무릎 어깨 머리 위로 마구 떨어진다
바다 위에서는 새들이
한쪽 발을 들고 머리를 주억거린다
그들이 이따금 모래톱을 긴 부리로 물고 나는 사이
떠돌던 당신 마음은
어떤 빛일까
밤은 저만치 젖은 날개 터는 소리로
파도 위로 걸어오고
그렇게 당신은
오래도록 생각에 묻힌다

제3부

스스로 별똥이 되어

가난한 가을

가난한 새들은 더 추운 겨울로 가기 위해
새끼들에게 먼저 배고픔을 가르친다.
제 품속에 품고 날마다 물어다 주던 먹이를 끊고
대신 하늘을 나는 연습을 시킨다.
누렇게 풀들이 마른 고수부지엔 지친
새들이 오종종 모여들고 머뭇대는데
어미 새는 한마리도 보이지 않는다.
음울한 울음소리만이
높은 빌딩 유리창에 부딪쳐 아찔하게
떨어지는 소리만이 가득하다.

행여 무리를 빠져나온 무녀리들 방향 없이
빈터에서라도 낙오되어 길 잃을까
드문드문
따듯한 입김 어린 불빛이 켜지기 시작한다.
그 지시등 따라 창 밑까지 선회하다가
있는 힘 다해 지상에서 가장 멀리 치솟아 뜬
허공에 무수히 박힌 까만 충치 자국 같은 비행체들
캄캄한 하늘을 날며 멀리로 이사 가는

철새들이 보이는 가을날의 연속이다.

덕장일기

　그녀는 종일 덕장에서 일한다. 강추위와 햇살 속에 얼고 녹기를 잘 반복해야 노오란 속살의 황태가 된다고 작업반장의 잔소리가 칼바람같이 날아온다. 된서리 내린 대형 건조대에 언 빨래처럼 매달린 동태들. 철벅철벅 몸싸움하듯 저들끼리 부딪칠 적마다 그녀는 속으로 그러지 마, 그러지 마라 타이른다. 두껍게 껴입은 원통함 풀듯 그녀도 거칠어진 손 호호 불며 화톳불에 얼렸다 녹였다 한다. 갓 잡아와 트럭에서 무더기무더기 우르르 쏟아진 언 고기들. 재빠른 손놀림으로 노끈에 꿰어놓는다. 그래도 작업반장의 호통 소리 등 뒤에 떨어진다. 움푹한 동태 눈알들이 아직 살아 안광을 내뿜는 듯해도 그녀는 놀라지 않는다. 이들과 하루해를 보내는 것이 오히려 즐겁다. 처음으로 원양어선 타고 아버지를 따라나선 외아들이 그해 겨울 폭풍으로 돌아오지 않았다. 남편과 아들이 함께 곧 돌아올 줄 아는지 그녀는 오늘도 덕장에서 듣는다. 덕장에 건 입 큰 동태들의 먼바다 얘기를.

세상에서 가장 작은 이야기

세상에서 가장 키가 작다는 사내,
콜롬비아 보고타에 사는 이 난쟁이는
일 미터도 안된 68.58센티의 키로
기네스북에 등재되어 있다.
어느날 자신보다 더 작은 키 54.6센티가
네팔의 한 작은 시골 마을에 산다는
소식에 그는 크게 실망했다. 그러곤 날마다
길가에 앉아 있는 앉은뱅이 꽃만큼
자신의 키를 조금만 더 줄여달라고 신에게 기도했다.
그러나 네팔의 찬드라 바라두르 단기가
끝내 기네스북에 올랐을 때
그가 72세라는 걸 알았을 때
자기보다 더 오래 살도록 기도해주기로 마음먹었다.
노을 속에 선 채 목소리는 반딧불이만 하고
말없음표인 양 키가 줄어졌다 해도 그의 간절한 마음이
하늘에 닿았는지 갑자기 하늘에선 뇌우가
어떤 목통보다 강하게 찌렁찌렁 노래했다.
그의 해맑은 기도 소리가
그렇게 나에게도 감청(監聽)되었다.

간월도

간월도에 와
간월암은 너무 아득해서 그만두고
높은 돌계단의 해탈문에 이르러
누구나 한번쯤 옷깃 여민다는 그곳도 말고
나지막한 바위섬 아래 갯벌로 걸어내려가리.
하루에 두차례 햇볕 아래 펑퍼짐한 알몸 드러낸
석화 초만원의 나라,
갈고리와 파도가 싱싱한 엇박자로 울리는 세상,
등에 꼽추처럼 짊어진 대바구니 내려놓고
사람들 틈에 나도 퍼질러 앉아
만조도 깜박 잊고 석화를 캐리.
바닷물이 와 정강이와 허벅지를 서늘히 누르면
일몰에도 가라앉지 않고 뜬 간월암 절집의
깜박이는 둥근 등불 바라보며
시간 앞에 넋 놓고 앉아
시간 따위는 잊어도 좋으리.
화엄은 멀고 수평선에 박힌
석화만큼 이지러진 초승달 앞에
까고 있던 한 소쿠리 비린 목숨 내려놓고

바다 밖으로 해탈하듯 잦아드는
달빛 소리나 귀담아들으리.

간장게장을 먹으며

부신 햇살 내리꽂히는 투명한 날
외식을 나와 간장게장을 먹는다.
잘 닦인 놋대접에 푸짐하게 담긴 게들
한눈에 먹음직스럽지만 왠지 이들은
살아 있는 날들의 슬픔을 물고 박제된 듯
커다란 등딱지에 실한 다리들을 하늘로 곤두세우고 있다.
이놈들은 펄에서 기세 좋게 헤쳐 모여! 헤쳐 모여!
게걸음으로 헛발질도 하다가 갑자기
깊은 혼몽에 빠져 잡혀왔을 것이다.
생살 찢는 상처에다 짜디짠 간장을 끓여 부어
갖은 양념과 장에도 삭지 않고
아직 공사 중인 지게차처럼 알 수 없는 상형문자처럼
내 앞에 오도카니 서 있다.
저 뜻 모를 숨겨진 기호학을 해독도 못하고
하릴없이 들여다만 보는데
누군가 비행접시만 한 접시 하나를
코앞에 바싹 밀어놓고 사라진다.
이번엔 청상추 위에 배를 깔고 엎드린 통째 삶아진 꽃게다.
그들 위로 해맑은 꽃잎 같은 햇살이

슬며시 내려앉는다.

그 햇살도 잘근잘근 씹어 먹히는 날.

은갈치떼는 열매를 터뜨린다

제주 은갈치떼는 달밤이면
칼날을 번뜩이며 수평선을 썰어댄다.
산굼부리 분화구 옆
자주꽃방망이들은 그때쯤 바늘귀만 한 귀를
바다를 향해 열어놓는다.
투드득 투드득 툭툭 팔딱 팔딱
어디선가 여문 가을 열매 터지는 소리
얼굴 발갛게 상기된 집어등들이
일제히 꼼발 내딛고는
그 소리를 다시 먼 지상으로 타전한다.
투드득 투드득 툭툭 팔딱 팔딱
가을 열매 터뜨리는 은갈치떼 소리에
밤잠을 설치는
귀 밝은 늙은 어부는
밤새 경기(驚氣)하듯 뒤척인다.
내일은 만선일껴 아무렴!
만선!!

비눗방울 놀이 하는 부부

맹인 부부가 유치원 마당 구석 벤치에
나란히 앉아 비눗방울 놀이를 하고 있다.
아이가 수업 받는 동안 이마 맞대고
빨대로 하늘 높이 날리는 비눗방울들
더러 키 낮은 편백나무에 걸리기도 하고
두짝의 지팡이를 기대어둔
바위의 등에 앉아 쉬어가기도 하고
공중 높이 떠 올라가기도 한다.

아가, 보아라, 비눗방울은 일곱 무지개 빛깔이란다.
네가 세상에서 제일 먼저 발음하게 된
바다라는 이쁜 말이 빨주노초파남보 중에서
초록빛 생명의 빛깔이라는데
이 비눗방울 안에 웅크린 태아처럼 그게 숨어 있겠지.
그 안에 숨은 눈 코 입을 너는 찾을 수 있지.

누군가 우리 앞을 스쳐 지나간다.
제발 비눗방울을 터뜨리지 말았으면.
너희들 희망을 밟지 말았으면.

지붕이 붉은 성당

'모든 떠나간 이들에게는
하느님의 자비 아래 평안과 휴식을 주소서'
현수막이 한가하게 펄럭이는 성당
미사가 없는지 조용하다.

흩뿌려진 은총의 모이 쪼아 먹으려고
참새 몇마리 공중에서 가볍게 날아든다.

그 모퉁이엔 모자를 쓰고 운동 나온 노인들
평행봉에 가까스로 매달리거나
회전판에 올라선 채
막춤 추듯 몸 만들기에 한창이다.

비비 꼬여 휘어진 등나무 등걸에 조등(弔燈)같이
보랏빛 창백한 얼굴로 흔들리는 등꽃들
그 집 골목을 돌아 나온
소형 장의차 한대 소리 소문 없이
텅 빈 길을 지나가고
제 몸 멀리 떠메고 가는 사람의 영혼처럼

첨탑의 종소리가
유난히 붉은 성당 지붕 너머로 느리게 뒤따라가다
사라진다.

조객처럼 일렬로 늘어선 마른 풀들은
맨발로 스트레칭도 하며
환한 햇빛만을 데리고 킬킬거린다.

지구촌 쇼

오늘밤 유성우가 폭우처럼 쏟아집니다
뉴스에 홀린 용마루언덕 이쪽 사람들
추운 한밤에 무리 지어 쏟아져 나온다.
대단지 아파트 성곽들이 벌써 불빛 끄기 시작한다.
몇억광년을 거쳐 올 별비 쏟아지는 하늘의 굿판을 보려고
모두 높고 가파른 용의 정수리를
천문대처럼 밟고 올라서 있다.

누구는 쌍안경에 무전기를 들고 있고
애를 안고 나온 젊은 부부,
망원경을 들고 나온 고등학생도 끼었다.
어린 시절엔 별똥이 너무 흔해서 똥잔치라 불렀지
앳된 별들이 무더기로 쏟아내는 똥이라고 했어
그러곤 금년 운세에 별자리 나타나 기적이라며
노인들은 끝없이 말을 이어간다.

아무런 조짐도 보이지 않던 하늘이
궤도 이탈 우주 쇼의 장관은커녕 잔뜩 흐린 채
눈발 분분히 날려준다.

할 말을 잃은 용마루 이쪽 지구인들
눈사람이 되어 눈꽃을 머리에 이고 섰다.
사람이 곧 별이라고 손전등으로
서로의 얼굴 비추며 웃음을 못 참는 젊은 연인들
빗나간 예보에 몰려섰던 용마루 이쪽 사람들
그들만의 쇼를 즐기다가 눈발 속으로 스스로 별똥이 되어
긴 꼬리를 끌고 흩어진다.

히브리 노예들의 합창*

처음엔 너무 크게 틀어놓고 막무가내로 들려주는
「히브리 노예들의 합창」
오늘밤 또 내 잠을 빼앗기게 되네요
아니 오늘도 잠들기 위해 나는 듣지요
길 건너 아파트 주민들 항의도 아랑곳 않고
늦은 밤마다 트는
저 합창곡
다세대 주택 3층
한 남자의 실루엣이 흐릿하게 보여요
합창곡이 한번 끝나면 다시 또 틀고 하는
그는 누구일까요

한때 나는 내 고향을 부정한 적 있지요
남쪽 바닷가 고향을 숨기고
땅끝마을 갯벌과 소금기를 털고 서울 말씨만 흉내 냈지요
그런데 이제 히브리 노예들처럼
고향으로 달려만 가고 싶어요

태양이 이글거리는 지중해 몇개의 협곡과 해협을 건너

노예로 팔려온 유대인들
나부코 왕에게 무릎 꿇고 고향 예루살렘으로
돌아가게 해달라고 간절히 기구하는 장엄한 합창곡
나를 내내 잠 못 들게 만들어요

모니터 화면처럼 깨끗하고 환한 남쪽 하늘 떠올리며
베란다 창문을 열면
별조차 뜨지 않은 흐린 밤하늘이 미끌텅! 들어와요
그러곤 하얀 백지 앞에 무릎 꿇은 나에게
무엇을 그토록 간구했느냐 묻습니다
음악이 스르르 꺼지는 시각입니다

* 베르디의 오페라 「나부코」 중에서 합창곡.

면류관을 쓴 선인장

오늘은 외출을 금하고 선인장에 물 주기 한다.
큰 화분 뒤에 숨겨두고
그동안 물 한방울 주지 않았던 깨진 화분,
머리끝까지 자루처럼 덮어 씌워둔
투명 비닐을 벗겨내자
그는 불쑥 고개부터 내밀었다.
한뼘 정도 웃자란 민머리엔
굵고 날카로운 가시가 휘덮었다.
가시관을 쓴 그에게 물을 흠뻑 주는 동안
가시들이 전전긍긍 피하는 나를 찔러댄다.
드디어는 손가락 깊숙이 박힌 가시의 통증이
찌르르 고압 전류에 감전된 것처럼 아프다.
요즘 내가 남몰래 수전증을 견디고 있다는 걸
알아차렸는지 그가 선수를 치며 묻는다.
천지간 불볕 내리꽂히는 불멸의 먼 사막이
나의 견고한 배후이지만
너는 지금껏 손으로 콕콕 막막한 생각만을 찍어
한 문장도 채우지 못한 백지 한장이,
날 선 가시들을 말 속에 숨긴 시 몇편이 고작 배후인가.

묵살하듯 모래사막에 유배 보내듯
베란다 바닥의 흘린 물을 닦고
나는 다시 깨진 화분을 큰 화분 배후에
슬그머니 밀어넣는다.

남도 식당

선창가 허름한 남도 식당
이난영의 「목포의 눈물」이 나직나직 깔린다.
세 마리 학이 살았다는 삼학도가
빗줄기 센 창밖으로 걷어 달린 닻처럼 떠 있고
없어진 학의 몸체를 만드느라 굴착기가
거기서 장난감처럼 움직인다.
두 마리 학의 머리는 이미 고봉으로 솟아나 있고
나머지 봉우리 하나도 막바지 완성을 위해 분주하다.
그렇게 제 살던 곳에서 삼학은 힘껏 날겠다고
빗속에서도 푸드덕푸드덕 날갯짓하느라 안간힘이다.
몸뻬 입은 여주인의 굵직한 쉰 목소리가 느닷없다.
'푹 삭힌 홍어 맛은 목포가 제일이어라우,
흑산도 홍어는 우리도 구경조차 할 수 없당께.'
그래도 묵은지 돼지고기와 함께 나온 홍어 날개살은
오지항아리에 짚 깔아 덮고 오래오래 삭혔단다.
매화꽃 빛 속살까지 다 썩혀 싸한 그 냄새
어린 날 코를 감싸 쥐고 도망치던 토종은 없단다.
왠지 오늘 먹은 이국산 홍어 삼합이
삼학으로 잘못 발음된다.

토종 홍어 맛 나는 남도는 내 고향
그리하여 푹 삭힌 시 한편 쓰고 싶다.
입안이 온통 환해지는.

붉은 담쟁이덩굴이 있는

후문은 좀체 열리지 않는다.
담쟁이덩굴이 온통 휘덮어 차지한 담장 너머로
스테인드글라스 창이 높이 치솟아 있다.
그 위에 떠 있는 밀가루 반죽 같은 구름들
슬픔도 알맞게 치대고 반죽하면 일용할 양식이라고
이 뒷길 어디선가 빵 굽는 냄새가 짙다.
간혹 실바람이 불어오고
귓불 붉은 수녀님들 발 맞추어 걸어나간다.
그들의 수심 깊숙이 감추고 싸맨 채
후문 담장을 덩굴째 기어올라가는 담쟁이덩굴
붉게 물든 몇몇 잎은 제 몸 부수어
알아들을 수 없는 문자를 까맣게 길 위에 깔아놓는다.
그 문자 송신 받아 말린 호박고지 같은 햇살도
자디잘게 쪼개져 널렸는데
뾰족탑이 등 돌려 서 있는 곳까지 오를까
하늘로 오를까
멈칫멈칫 덩굴 몇몇이 어깨동무한다.
자지러지게 울리는 종소리에
눈꺼풀 떠지는

하늘 파란 가을 아침.

지상에서 가장 긴 줄

순식간에 줄을 만드는 사람들이 있다.
쏟아지는 햇빛 아래 지리멸렬 흩어져 있다가
금방 생기 도는 얼굴들로 일직선을 그어나간다.
뎅뎅 소리가 울리기도 전에
기다림은 이 골목 저 골목에서 덩달아 튀어나와
순서대로 일사불란하게 줄을 만든다.
늦을세라 절뚝이며 낡은 유아용 빈 보행기를 밀며 오는
아낙
지팡이 짚고 오는 노인들도 이때만은 표정이 환하다.
서로 밀치거나 새치기도 없어 불평을 쏟지 않는다.
붉은 작업모를 눌러쓴 일일 노동자들도
한끼의 밥을 위해 긴 줄 마다하지 않고 기다린다.
고무줄 같은 탄력으로 누가 끌어당기는지
줄은 일순 숨 막힐 정도로 고요해지고
건물 안으로 배급받은 식판들이 흡입되듯 빨려들어간다.
늪처럼 끈적하게 고여 있는 허기를 안고
떼 지어 오는 어린 양들처럼
그들에겐 한끼의 밥이 삶이라고
한번도 얼굴 내민 적 없는 종지기는

정오가 되면 지상의 가장 긴 줄을
오늘도 팽팽하게 잡아당긴다.

어머니의 바다엔 병어만 산다

병어를 뱅에라고 발음하는 엄니가
긴 골목 끝 서까래 내려앉은 집으로
돌아올 땐 좁고 왜소한 등 뒤로
신열 앓듯 저녁 해가 빨갛게 지고 있었다.
한 손엔 뻘 묻은 고무장화를 싼 검정 보자기,
다른 한 손엔 뱅에 대여섯마리를 들고 오셨다.
해종일 뻘밭에 주저앉아 갈고리로 구멍을 뒤져 캐낸
낙지 바지락 게는 아예 집으로 가져오지 않았다.
시장에서 뱅에와 맞바꿔 온다는 걸
우린 짐작만 할 뿐 뱅에 먹는 일이 더 급급해
매일 마당에 숯불을 피워놓고 둘러앉아
엄니를 기다리곤 했었다.
흐릿한 겹눈을 뜨고 펄떡거리는 뱅에들
푸르스름한 은색 몸빛이 창백해 보이지만
도톰하고 맛이 좋아 명색이 바다의 귀족이란다.
아무런 대꾸 없이 우린 잘 달구어진 숯불에
뱅에 몸통이 채 익기도 전
젓가락 부딪는 소리만 낼 뿐이었다.
엄니는 허기진 몸으로 토방에 앉아

일몰이 잠기는 먼바다에만 시선을 고정시켰다.
지금도 엄니, 하고 부르면 그 바다엔
제 살점 다 내주고 가시가 되어 헤엄치는
푸른 싱싱한 뼁에가 쫓아나온다.

생존의 방식은

강화군 교동도 이웃 돌섬들은
여름이면 철새왕국이 된다.
주민들은 그곳 출입을 자제하고
고기잡이배들은 멀리 돌아서 간다.

어미 저어새들은 8월 말쯤 새끼를 부화해놓고
떼 지어 멀리 날아가 먹이를 물어온다.
바닷가에서 망을 보다가 어느 순간
주걱 닮은 긴 부리 주억거리며
망둥어 새끼나 새우를 낚아채 온다.

어미 없는 동안 새끼들은 종종걸음 치며
얕은 물가로 이동해 낯선 백로와 섞여
먹이를 얻어먹곤 한다.
백로는 새끼들에게 부리로 먹이를 자디잘게 쪼아
입에 넣어주기도 한다.

백로가 제 어미인 줄 알고 졸졸 따라가는 새끼들
느린 걸음으로 뒤쫓아오는

어린것들을 제 새끼처럼
자주 뒤돌아보며 기다리는 저 모습

생존의 방식은 꼭 그래야 한다는 듯
참으로 아늑하다.

달맞이꽃 핀 3
압해도 83

달 없는 그믐 달맞이꽃 기진해 있으면
압해도 사람들은 태풍이 온다고 믿네.
한밤중 거친 파도가 비명을 지르며
지붕 기어올라오는 소리
태풍이 휩쓸고 지나간 압해도엔
고기잡이배들 소식이 끊기네.
난파선 기다리다
입에 파도를 물고 쓰러졌던 그 여자
아직도 피어 있네.
보름달 떠오르면 장독 깨지는 소리로 울다가
벼랑에서 벼랑으로 쫓겨다니다
스스로 피어난 꽃.
선혈 낭자한 아랫도리 찢긴
치마폭 휩싸 쥐고 돌팔매 맞던 그 여자
제 배 속에 만월이 들어차
한껏 피어 있네.
그런 날 압해도는 덩달아 파도 소리 받아내며
달맞이꽃 속 넘겨다보려 안간힘 쓰네.
먼바다에 나간 뱃사람들

언젠가는 돌아온다고 파도 소리 잠재우며
무더기무더기 환하게 핀 달맞이꽃.

오르락내리락
김종삼

정릉 산동네 납작집에서
그는 평생토록 살았네
지붕 한쪽이 기울대로 기울어
말년까지 그가 유일하게 한 일은
바람에 지붕 날아가지 말라고
벽돌 한장 주워 점퍼 호주머니에 넣고 온 일이었네
그러고는 가난한 시인학교만 다니며
빈 파이프 문 채
한적한 산동네 길을 오르락내리락
눈 많이 내려도 따뜻하기만 한
머나먼 스와니강이랑 요단강이랑
눈이 부시도록 햇살 맑은 날이면
마음 놓고 찰랑이는 햇살
윗옷 안주머니에 소중하게 접어 넣고는
스와니강이랑 요단강이랑
오르락내리락했네

제 4 부

작은 공

난쏘공 부부
난쏘공* 1

키가 일 미터 남짓의 난쟁이 부부가
스크린 도어가 열리자 힘겹게 탑승합니다.
설 쇤 승객들로 꽉 찬 전동차가 선 구로역이었지요.
여자의 손에 든 '서천 재래김' 상표가 선명히 인쇄된
선물용 종이 가방이 그녀의 키보다 컸습니다.
사람들의 시선이 온통 공처럼 튕겨져 나온
이 부부의 등에 꽂히는 것이었어요.
부부는 손을 꼭 붙잡고 있었어요.
우릴 먼 데서 온 외계인처럼 쳐다보지 마세요.
그저 좀 작은 몸으로 태어난 사람일 뿐입니다.
'난장이가 쏘아 올린 작은 공'에서 태어났으니
우리를 난쏘공이라 불러요.
불시착한 행성처럼 등에 혹이 매달려 있지만
천연기념물인 듯 우릴 신기하게 쳐다보지 마세요.
삶의 궤적에 따라 몇 생을 건너뛰어
당신들의 후생일 수도 있어요.
자리에 그냥 앉아 계세요.
키 큰 사람들 틈에서 우린 넘어질 리 없어요.
언제든 깃털처럼 가벼운 몸으로 날고 싶어요.

저 창밖 전봇대보다 높이 날고 싶어요.
만원 전동차에서 키 큰 나라 사람들이 빠져나가고
다른 별에서 온 부부가 자리에 앉자
지구별 전동차는 환한 달빛 비치는 강물을 지나
멀리 무한궤도 열차처럼
극지의 별빛을 찾아 은하를 건너 힘차게 달려요.

* 조세희『난장이가 쏘아 올린 작은 공』.

경옥이
난쏘공 2

꼽추 경옥이네 집은 납작 지붕이다.
그애의 부모가 배밭 일꾼이어서
남는 시간이면 나는 그애와 종일 배밭에서 놀았다.
등에 난 혹이 삼각등뿔이라고 사정없이 놀려대도
그애는 먼 하늘 바라볼 때의 먹먹한 표정만 지었다.

싸락눈처럼 배꽃 가득히 쏟아진 날
몇겹의 깔아놓은 광목 필처럼 우리는 지르르 물 묻은 배
꽃들을
돌돌 말기도 펴기도 했다
그애의 먹고무신에 떨어진 배꽃들은 은화처럼 반짝였다.

그애가 숨차하며 등 구부릴 때마다 커지는 외뿔
그곳에 가만히 귀를 대보면 심장 박동 소리가
생생하게 출렁거렸다.
바람 세찬 저녁때까지 우리는 배밭에서 뒹굴었다.
몇겹씩 둘러쳐진 제 몸의 감옥을
간절히 열어젖히고 싶었을 경옥이.

저녁 어둠 속에서 방금 넘어온 길이 툭툭 끊어진다.

꽃잎 부시게 쏟아지는 배밭을 지나갈 때면

그 하얀 배꽃 광목천 위에 경옥이란 이름 쓰고 싶다.

난쏘공 나라에서 온 경옥이는 육덕 큰 사람들 틈바구니에서

몇발자국이나 떼어보았을까.

수레 위의 잠
난쏘공 4

산동네 한적한 뒷골목 짐수레 위에서
주름투성이의 한 남자가 곤한 낮잠에 빠져 있다.
닳은 구두 굽에 구멍이 나 있다.
점퍼 사이로 늘어뜨린 얇은 전대로 보아
꽃나무들이 팔리지 않았나보다.
팔다 만 관음죽 스킨답스 수레국화
싱싱한 화분들이 초록 담장을 치고 있다.
베개 삼은 짧은 조막손에 움켜쥔 마이크
살짝만 건드려도 말이 터져나올 것 같다.
나는 바닥에서만 살았으니 바닥에 익숙해요.
고되고 허기진 잠은 깊고 깊어
내 작은 몸뚱이가 허공처럼 커지는 꿈을 꾸어요.
침 흘리며 하늘 향해 벌린 입
숨겨놓은 독백이 무방비로 풀려나올 것 같다.
게으른 시간만 느릿느릿 주위를 맴돌다가
햇볕에 그을린 그의 얼굴 위로 툭 떨어진다.
버즘나무 한잎의 단꿈 속에 힘겨운 하루를 벗고
살랑거리는 초록 담장 너머
보랏빛 영롱한 선인장 꽃 찾아서

해와 낙타가 있는 머나먼 서역

모래바람 속을 건너지만

지나가는 누구도 그의 사막을 들여다보지 못한다.

벚꽃 축제가 있는 날
난쏘공 6

아픈 너를 끌고 환한 벚꽃 터널 속을 걸었네. 가도 가도 새하얀 폭우 천지네, 네가 말했을 때 눈꽃 천지야 정정하려다 그만두었네. 폭죽 소리에 놀라 어지럼증이 온다고 해 네 조그만 손바닥에 청심환 한알 건네었지. 보물인 양 손안에 꼭 쥐고만 가는 너. 문득 뒤돌아보니 폭설 쏟아져 시야를 가렸네. 하늘 한 모퉁이가 허물어지고 있었네. 번쩍, 번개 이는 인파 속을 너를 부르며 헤맸네. 사방에서 꽃들 우는 소리만 우우 메아리로 되돌아왔네. 끝내 너를 찾을 수 없었네.

그날밤 너처럼 키가 오척 단구인 요절한 피아니스트 글렌 굴드의 피아노 소나타를 듣다 잠들었네. 꿈속에서 벚꽃 폭설이 강한 포르티시모 음정으로 나를 매질하듯 두들기기 시작했네. 희고 검은 건반들이 온몸에 소름처럼 피어나 그만 꿈에서 깨어나고 말았네. 열꽃 핀 몸 며칠이 가도 낫질 않네. 내 안에 벚꽃 눈들은 그치지 않고 내리네.

꿈꾸는 판화

벗꽃 활짝 핀 골목 끝
한 남자가 제 몸집보다 작은 의자에 앉아 졸고 있다.
햇살 가득히 받으며 등 꼬불치고 목 꺾어
태아처럼 깊은 잠에 빠졌다.
그의 잠 속을 엿보려고 참새 한마리
구부린 등 위로 내려앉는다.
아무 생각도 않고 쩍쩍거린다.
좀처럼 깨어나지 않는 그의 등과 머리 위로
수천수만의 벗꽃 잎들이 하르르 하르르 내려앉는다.
떨떠름하게 밤이 오는 시각
골목이 적막을 여닫는 소리
집집의 시간 여닫는 소리에
아랑곳없이 아직도 웅크려 잠든 그,
봄날이 따뜻하고 푸근한 자궁 속처럼
여전히 그를 감싸고 있다.

난파놀이
만6

출항한 배로부터는 며칠째 소식이 없다.
득량만 푹 파인 허리께의 선착장
해무(海霧) 뒤에서 흐릿한 얼굴 내민 해를 바라보며
돌아올 배를 기다리는 사람들
모두가 뜬눈으로 밤을 새운 몰골이다.

드난살이로 떠도는 혼들을 위해
파도가 파도를 목청껏 부르며 뒤쫓아오고
강풍이 만의 목덜미를 잡고 놓아주질 않는다.
간밤 집어등을 켜고 나간 어선에서는
아직껏 캄캄한 그물을 당겨
심해의 제 먹잇감을 향해 몸 색깔 하얗게 변하는
갑오징어떼를 잡아 올리리.

한바탕 놀이 굿판이 벌어지나보다.
당집에 들른 무당과 재비들은 도착하지 않았다.
공터 천막 안엔 벌써 막걸리 몇순배 돌고
고축 사른 상머리엔 지폐를 문 돼지머리의
입귀가 한쪽으로만 찌그러져 있다.

출어하지 않은 남은 어선들과 드디어는
장대에 노랗고 빨갛고 흰 깃발을
만장처럼 몰아올 재비들
북소리 징소리 피리 꽹과리의 춤사위 장단이
하늘과 바다를 어깨 감싸듯 둥글게 쓸고
고깔 쓴 해가 시퍼런 칼날 파도에 짜개지는데
이 난파를 얼마나 더 놀아야 할까.

나의 유목

밤새 말을 고르다가 놓쳐서
뜬눈으로 밤을 새운다.
불면이 차지한 방 안엔 시간처럼 쌓인 A4 용지들
구겨져 찢긴 나의 심혼(心魂)들은
날아가지도 못하고 나풀거리기만 해서
창밖 희미한 가로등이 눈물 고인 눈으로 지켜본다.
간밤 방목으로 흩어져간 나의 말들,
목책을 뚫고 두 앞발 든 채 지도에서 아주 먼 곳
가뭄과 홍수와 내전만 있는 아프리카 어디
말을 모르는 원주민 춤사위에 끼어들었을까.
한번 시작하면 지칠 줄 모르고
여러날을 춤만 춘다는 원주민들,
낯선 죽음을 만나서도 둥둥 북소리를 내며
장례를 축제의 장으로 바꾸어버리는 그런 춤사위.
아니야, 내 고향 기우제를 지내는 날
갯벌 냄새 물씬 나는 놀 한채 빌려와
종이떠배에 뒤뚱뒤뚱 뒤집힐 듯
시의 말을 태우고 모천으로 돌아갈 거야.
색색의 종이에 불붙여 바다에 띄운 어린 날 내 말들의

유목이 시작되었던 곳
상모재비 앞세워
징소리 북소리 꽹과리 소리 흥을 찾아
다시 그 바다로 흘러가고 있을 거야.
이윽고 컴퓨터 모니터를 끄고
나는 밤새운 자리에서 일어선다.

담쟁이덩굴 집

둥근 돔 지붕 위로 푸른 담쟁이덩굴이
안간힘을 쓰며 기어오른다.
그 옆 구화학교 넓은 운동장에
오후 내내 해독 못한 숱한 수화가
꺼뭇꺼뭇 떨어져 있다.

아아아아 아아아아
바람이 불 적마다
따라 하지 못한 아이들의 낱말이
저녁 해거름처럼 돌돌돌돌
속에서부터 궁글어간다.

그 낱말들 집어 올리려고
열린 교문에서 온종일
푸름을 넓히고 서 있던 하늘
한 아이가 그 하늘에 닿으려고
고개 젖히며 발꿈치 들고 있는 사이

돔 지붕이 저절로 열렸다 닫혔다 하며

아아아아 아아아아
하학을 알리는 푸른 종소리
공중으로 아프게 토해낸다.

단 한 사람의 숨은 독자를 위하여

함박 눈발이 아파트 창에 부딪는 날
혼자 넋 놓고 창밖을 바라보는데
6동 반장이 벨을 누른다.
긴급 안건으로 모두 모이는 반상회란다.
처음으로 참석해 출석 싸인을 하는데
이를 본 한 여성이 어마 시인이시네요,
젊은 날 쓰신 시집 애독자였어요.
옆자리 중년 여성도 한마디 한다.
요즘 시는 시인들끼리만 본다던데요.
아직도 시를 읽는 독자 있어요?
그럼요, 단 한 사람의 독자가 있을 때까지
시인은 시를 쓰지요, 말해놓고 나는
눈 오는 창밖으로 시선을 돌리고 말았다.
단 한 사람의 숨은 독자는 바로 그 시를 쓴
시인 자신인걸요.
목젖까지 차오르는 이 말 뒤로
한결 더 소리 낮춰 절규하듯 내리는 함박눈
나는 회의 시작 전에 슬그머니 밖으로 나오고 말았다.
차선도 보도블록도 경계가 지워진 설국(雪國)

하늘과 땅 사이가 넓은 백지의 대설원이다.
그 백지의 시 몇줄에 필생을 건 나는
언제나 긴급 안건은 그것뿐이라고
나는 내 시의 독자다, 혼자 소리친다.
공중에서
놀란 눈발들이 한꺼번에 부서져내린다.
출입금지 팻말을 단 아파트 화단 목책 너머
눈 뒤집어쓴 키 큰 나무들의 적막한 발등에
나는 그만 시 한줄 꾹꾹 눌러 찍고 돌아 나온다.

시인과 청소부

소프트와 하드를 구분 못하는 나는 아직도 컴맹이다. 지시와 명령만 따라 하는 것이 소프트웨어란 걸 왜 몰랐지? 뇌에서 명령만 하면 곧바로 시로 옮기는 나도 소프트웨어일까. 최근에 고물 컴퓨터 두대를 버렸다. 하드웨어를 본체에서 뽑지 않고 그냥 버렸다. 컴퓨터 주요 장치인 하드웨어는 함부로 버리는 게 아니란 걸 왜 몰랐지? 새로 산 노트북에 복사만 하면 다 되는 줄 알았다. 내 사사로운 정보가 고물상에 가 있거나 누군가 나를 고스란히 펼쳐놓고 들여다본다는데. 청소부보다 자신을 미화원이라 불러달라는 김씨가 내가 사는 고층까지 올라와 컴퓨터 본체들을 손수 수거해갔다. 나는 몇번이고 고맙다는 인사를 했다.

언제나 남보다 일찍 출근해서 아파트 마당을 쓸거나 휴지 한장도 일일이 주워 담는 김씨, 주어진 일에 너무도 열심인 김씨에게 얘길 할까 하다가 그만두었다. 그가 곧 출간될 내 시들을 몰래 읽는다면 내 시집의 첫 독자가 된다는 즐거운 상상은 왜 몰랐지? 아파트 입구에서 그를 만났다. 깔끔한 정장 차림이었다. 늘 노란 작업복에 모자를 눌러쓴 그를 못 알아볼 뻔했다. 처음으로 드러난 머리는 올백으로 헤어무스 기름을 발라 번쩍였다. 십년 근무를 마치고 이 일을 그만두

게 되었다며, 나도 초회 추천 시인입니다. 그는 제 소개와 함
께 명함 한장을 건넸다. 시인 겸 가수 김 아무개란 활자가 선
명했다.

절두산 근방에서

종탑 꼭대기에 나앉은 가을 해가
외짝눈의 외계인처럼 유난히 휑하다.
순교자 묘지 입구
가슴에 성호를 긋고 묵상하는
비술나무들이 잎사귀마다 쪽창을 매달고 반짝인다.
제 얼굴 되비춰보던 가지들
이따금 진저리치듯 쏴아 몸을 흔든다.
마당엔 일용할 양식을 쪼며
종종걸음 치는 참새들
보폭이 좁은 늙은 수녀가
쌀 봉지를 들고 몇줌씩 흩뿌려준다.
철근 골조만 세운
근처 초고층 빌딩 공사장
타워크레인 꼭대기에도 인부가 걸터앉아 아득히 내려다
본다,
양화대교 아래 지는 해에 잠시 붉어진 강물이
어두워지려는 제 마음을 감추며
재빨리 흘러가는 것을
절두산 멀리 날아가는 미사 종소리를.

비둘기 모이 주는 날

비둘기 모이 주는 모습 가만히 지켜보았습니다. 당신의 등이 따스한 봄볕을 업고 있어 그늘이 생길까 비켜서서 기다렸습니다. 발목을 다쳐 유독 다리 저는 비둘기에게 눈길 떼지 못하는 당신, 가는 나뭇가지로 부목을 만들어 발목에 묶어준 뒤 그 비둘기를 안고 먹이 주는 당신에게 인기척을 냈습니다. 이미 알고 있었다고 당신은 환한 미소로 나를 반기었습니다. 그때 여러갈래의 길에서 수십마리의 비둘기가 한꺼번에 날아와 구구구구 당신 주위에 비행기 활강하는 소리로 몰려들었습니다. 모이 주는 하느님을 향해 달려들었습니다.

어떤 우리들

연극 「염쟁이 유씨」 보고 나온 일행
대학로 거리를 잠시 배회했다.
지하 이층 어두컴컴한 소극장에서의 죽음 체험한
심각한 표정은 간곳없고 모두 해맑아져 있었다.
살아 있다는 사실이 고맙다고
산다는 게 연극이니 어떻게 사느냐가 문제라고,
아니야, 어떻게 죽느냐가 문제다.
갑론을박 끝에 우선 배가 고프다는 말로
우리는 보리쌈밥 집에 들렀다.
죽음이란 무엇인가, 저자가 누구더라?
셸리 케이건 예일대 철학 교수인데
서울 어느 대학에 왔을 때 보았다며
누군가 아는 체를 한다.
우리 몸이 존재의 전부입니다, 이 화두를 던져놓고
우선 앉아야겠다며 책상 위에 올라앉아
해진 청바지에 헌 운동화 신은 채 다리를 꼬고
아주 어눌한 말씨로 강연하는 그를 보고 놀랐단다.
일부러 초라한 모습을 보인 거야,
평범하고 느리게 사는 법 배워가라고.

죽음도 어떻게 사느냐에 중점을 두고 욕심 버리라는 뜻이
겠지.

　우선 생맥주나 한잔!

　몸이 존재하는 한 밥이 먼저야.

　누군가 던진 이 말은 각자 앞에 놓인

　스테인리스 그릇 밥 비비는 요란한 소리에 묻히고

　누가 먼저랄 것 없이 무섭게 먹어대기 시작했다.

달맞이꽃 편 4

복사꽃 한번 피운 적 없는 도화마을
강 쪽으로 기운 경사진 길과
옛 철길이 서로 이웃해 있습니다.
길과 길은 서로 닮았다고 통한다고
언제부턴가 말문을 텄습니다.
낮엔 기진해 있다가 달빛 따라 꽃 피우는
달맞이꽃들이 서로의 가슴에 달린
노란 단추를 장난처럼 눌러대며
간지럼 태우며 웃고 웃깁니다.
꽃길이 더욱 환한 밤입니다.
산책객들의 발길을 따라서
깔깔거리는 그 소리가
저 아래 구화학교 앞마당까지 내려갑니다.
그러곤 운동장 가
더듬더듬 혀 짧은 또다른 꽃들의
말문을 트이게 합니다.

잔디밭 이야기

그대가 원한다면 내 기꺼이
푸른 융단이 되겠다고 한 서약
아직은 유효합니다.
소외받고 가난한 이들을 위하여
예초기가 나를 베어도
안과 밖이 평등한 잎잎이 되기 위해
강한 햇볕 아래 오체투지 하렵니다.
예각의 날을 세운 햇볕이
창날을 번뜩이며 화인(火印)처럼 박힌다 해도
등 뒤로 달라붙는 병든 벌레들 내쫓지 않고
습한 공기가 숨 막히게 가로막아도
마음속 사막 하나 키워 견디어내겠습니다.
집채만 한 환상과 꿈을 좇아
뜻하지 않게 돌풍이 와도
나른한 봄날같이 견디어내겠습니다.

봄밤의 선물

그 집 낮은 블록 담장 안마당에는
이 봄 꽃잎 다 진 라일락 꽃대만 덜렁 서 있네.
저무는 봄날 갈 곳 없어 서성이는데
문득 바이올린 소리 넘어오는 그 집
바흐가 G선 하나로만 작곡했다는
내겐 그동안 잊혀
한 세기를 넘어가버린
「G선상의 아리아」였네
오로지 이 한곡만을 켜는 이
섬세한 선율로 내 마음 적신다면
그 낡은 담장 밖에 빈 꽃대처럼 서 있으리.
가로등이 외눈박이 눈을 꿈쩍이며
지켜보는 한밤에도 어김없이 그 집
반쪽 창문 가까이 귀를 열고
실루엣으로만 움직이는 누군가를 엿보리.
내 안의 G선에 맞추어
퉁퉁 불은 국숫발 같은 그리움 키우며
깜짝 선물인 양 나에게 건네는
이 한곡 두 손으로 소중히 받아 들겠네.

라일락 진 잠 못 드는 이 밤
받아든 G선이 손안의 지문마다 환하게 박히면
나도 시 몇 구절 켤 수 있으리.

돌아온 첫 시집

누군가 내 첫 시집을 반송해 돌려보냈다.
겉장 양 날개가 다 닳아 없어진 채
가는 발목에 하늘을 끌고 오느라
까맣게 숯이 되어 돌아왔다.
1977년 우체국 소인이 보일 듯 말 듯 하다.
누구의 마음 안에도 놓이지 못하고
상처투성이로 내게 와 쓰러지듯 안긴다.
서점 판매대가 아닌
내가 기증한 시인의 서가에
흙먼지처럼 오래 쌓여 있다가
분리배출의 날 재활용 종이 무덤에서
포클레인이 사정없이 휘저어 끌고 가기 직전
문득 그의 눈에 띄었을까.
그는 고민 끝에 나에게 돌려보냈을 거야.
채 열어보지 못한 몇 페이지 낯익은 활자들은
맑고 투명한 수정처럼 알알이 박혀 반짝인다.
아직도 환히 부신 기억 속에
몇십년 멀리 헤매다가 온,
왼 다리로 절뚝이며 온

첫 시집은 그렇게 내 품에 다시 안겼다.

시인의 본적지

나는 다른 하늘을 꿈꾼다.
전생은 어느 인디언 마을의 원주민
본적은 움막을 틀었던 이억만년 전의
그 나무 화석이 있는 곳
얼음과 눈 덮인 언덕은 나의 요새였다.
뽀얀 어금니만 한 나뭇잎이 늦겨울부터 얼굴을 내미는
그 마을은 시인의 마을이라 해도 좋다.
한번도 먼 마을에는 여행 간 적 없이
오로지 야성의 본능대로 도자기에 무늬를 새기듯
그것이 시인 줄 모르고 시를 새겼다.
추위와 혹독한 얼음 바위를 뚫어
내가 만든 요새엔 한땀 한땀 혈흔처럼
시의 무늬 새겨져 있다.
이따금 나는 둘레를 돌며 도자기에 새길
천연 글감 얻으러 나귀 타고 마실 간다.
동면에서 마악 깨어나 튕겨져 오른
오소리의 통통 튀는 울음소리
눈 위의 얼음새꽃
얼음장 속 집을 짓는 벌새 날갯짓 소리

눈꽃 속 가녀린 흰 잎 흔드는 은방울꽃 찾아간다.
이억만년 전의 둥지에서
도자기에 새길 천연 이미지 얻으러 나왔다가
사시사철 흰 어금니만 한 잎새들
눈처럼 반짝이는 본적지 언덕에서
잠깐잠깐 나는 꿈꾸곤 한다.

존재론적 원적(原籍)으로서의 사랑의 기억

유성호

1. 회귀적 시간에 대한 추인과 긍정

대개의 서정시는 주체의 자기 발화 양식으로 다가온다. 시적 대상이 공공적 범주에 포괄됨으로써 일종의 사회적 확산을 가져오는 경우도 있지만, 그때조차 서정시는 궁극적으로 주체의 회귀적 속성을 은은하게 견지한다. 물론 여기서 말하는 회귀성이 사사로운 개인 차원에 국한되는 것은 아니다. 오히려 서정시는 사적 이야기를 형상화할 때도 그 안에 삶의 전체성을 내포하려는 지향을 강하게 띠기 때문이다. 결국 서정시는 사물이나 타자를 향해 한껏 원심력을 보였다가 다시 개별자의 구체로 귀환함으로써 오랫동안 흔들려온 주체의 내면적 흐름을 보여주는 시간예술인 셈이다. 이처럼 시간 경험에 대한 탐구에 장르적 본령을 두는 서정시는 커

120

다란 역사적 내러티브이든, 지난날을 개인적으로 추억하는 것이든, 시간 자체의 비의(秘義)를 탐색하는 것이든, '시간'과 관련된 시인 자신의 경험과 기억을 지속적으로 담아간다. 그리고 이러한 현상의 이면에는 직선적인 근대적 시간관(觀)에 대한 저항의 의미도 포함되어 있을 것이다. 우리가 읽게 될 노향림의 시집 안에는 이러한 회귀적 시간에 대한 추인과 긍정의 비밀스러운 순간들이 아름답게 녹아 있다. 이 모든 것이 개인적으로는 시인 자신의 오랜 시간적 축적의 결실이겠지만, 우리 시단 전체로 볼 때는 지금 우리가 돌아보아야 할 서정시의 지남(指南) 같은 것이 아닐 수 없겠다.

2. 밀도 있는 근원적 시간 경험

먼저 노향림의 시는 시인 자신이 경험한 시적 순간에 대한 언어적 재현의 결실로 나타난다. 그래서 우리가 노향림의 시에서 경험하게 되는 것은 사물이나 상황을 고유하게 해석하고 판단하는 주체의 활달하고도 심미적인 정서적 반응이다. 이번 시집은 이러한 미학적 원리를 구체적 감각 속에서 다양하게 보여주는 실물적 사례로서, 시인의 개별적 경험을 사물이나 상황과 매개함으로써 퍽 보편적인 삶의 화폭을 구성해가는 과정을 담고 있다. 나아가 시인은 그러한 순간에 대한 기억에 매진하면서 그것이 어떠한 파생적 의미를 지니는지 깊이 질문해간다. 특별히 사물의 표면을 뚫고 들어가 가장 근원적인 존재 자체를 궁구하려는 시편의 경우에는 현란한 언어적 실험 의지를 넘어 근원적 생의 기억을 되묻는 노향림만의 시적 위의(威儀)가 빛을 발한다. 그렇게 그의 이번 시집은 우리의 공동체적 기억을 묘사하면서 그 기억의 근원적 의미를 묻는 대표 사례로 각인되어오는 것이다.

고사목 한그루가 도요새처럼 고개를 곧추세우고 섰다. 폐염전에 오면 어린 날의 기억이 쫑긋대는 내 귀를 불쑥 잡아당겼다 놓는다. 두런두런 웅성대는 말소리들 아직껏 염전 웅덩이에 가라앉아 있나보다. 웅덩이에 빠진 하늘이 금세 눈시울 뜨겁게 저녁놀과 함께 수면을 붉게 물들인다.

그해 여름 아버지는 땡볕뿐이던 염전을 갈아엎었다. 인부들을 불러 모으던 땡땡이종은 소리 죽었고 날마다 빚쟁이들은 아버지의 멱살을 붙잡고 놓질 않았다. 탁사발이 아버지의 얼굴인지 아버지의 얼굴이 탁사발인지 술독에 빠진 그를 누구도 말리지 않았다. 아버지는 소금 든 바닷물을 가두지도 않았다.

그의 혀와 등에는 이내 하얀 소금꽃이 피어났다. 나뒹굴어진 수차와 갈라진 장화에도 피어났다. 만지면 손이

베일 것 같은 날카롭고 투명한 꽃. 우린 그 꽃잎들이 부드
럽게 녹을 때까지 똑바로 바라보지 못하고 울음 잊은 도
요새처럼 지내는 날이 많았다. 무시로 파랑 치는 바다가
들락거리곤 했다.

─「소금꽃」 전문

　　원래 '소금꽃'이란 염전에 남은 소금의 결정(結晶)을 뜻하
지만, 비유적으로는 땀에 젖은 옷이 마르면서 하얗게 생겨
난 얼룩을 말한다. 여기서 시인의 기억은 아버지의 혀와 등
에 피어난 '소금꽃'을 향한다. 시인이 찾아온 '폐염전'에는
'고사목/저녁놀'처럼 이미 기울어가는 시간이 흐르고 있다.
시인은 귀를 종긋대면서 아직도 "두런두런 웅성대는 말소
리들"을 듣고 있는데, 여전히 "염전 웅덩이"에 가라앉아 있
을 그 소리들은 "어린 날의 기억"을 수면 위로 가득 풀어놓
는다. 어느 여름 아버지는 염전을 갈아엎었고, 그때 피어난
"하얀 소금꽃"은 아버지의 오랜 노동의 시간을 물리적으로
보여주는 상징과도 같았다. "나뒹굴어진 수차와 갈라진 장
화"에까지 피어난 '소금꽃'은 그때 "만지면 손이 베일 것 같
은 날카롭고 투명한 꽃"으로 보였고, 어린아이들은 "그 꽃
잎들이 부드럽게 녹을 때까지" 바라보지도 못했을 것이다.
이때 '소금꽃'은 어떤 시간의 통증과 몰락의 상관물로 나타
나지만, 시인은 '아버지'라는 "섧디설운/이름 하나/기억 하
나"(「동백숲길에서」)를 끄집어냄으로써 이러한 기억의 현상

학 자체가 시쓰기의 중요한 길목임을 노래한다. "환한 얼굴로 세계 명작 동화 몇권을 사 들고 와 나에게 넌 꼭 시인이 되라고 부추기곤"(「낙원 가는 길」) 했던 아버지는 여전히 시인으로 하여금 "시간 앞에 넋 놓고 앉아/시간 따위는 잊어도"(「간월도」) 좋을 순간을 경험하게끔 하고 계시지 않는가.

무량리행 버스는 하루 한차례뿐이다.
이정표 앞에 멍하니 서서
무량리, 하고 입속으로 부르며
무량한 한 사람 만나고 싶다고 생각하는 사이
길 잃은 마음이 먼저 앞서가며 닿는다.
다 닳은 돌쩌귀 매단 문설주가 쨍쨍한 햇볕에
몸 말리며 서 있는 곳
서슬 푸르렀던 지난 시간들이 자질자질 잦아들고
길가엔 벌써 머리 희끗해진 풀들이 나와 있다.
강심 깊숙이 걸어들어간 투망꾼 몇이서
왁자하게 그물을 던졌다 건져 올리는 소리
이리저리 튀는 물고기들을 잡았다 놓아주는 소리
길에서 산짐승을 만나도 피하지 않는 곳
무량리를 주머니 깊숙이 접어 넣고
부력을 잃고 뜬 물고기처럼 무심히
시간을 강에 빠뜨리고 느릿느릿 걷고 걷는다.

—「무량리」 전문

인적 드문 외진 곳에서 "무량리행 버스"를 기다리며 시인은 "무량한 한 사람 만나고 싶다고 생각"한다. '무량(無量)'이란 이루 다 헤아릴 길이 없다는 뜻인데, 자신의 길 잃은 마음을 어루만져줄 한 사람이 그러한 품과 깊이를 지녔으면 하는 바람이 거기에는 담겨 있을 것이다. 그 한 사람은 "다닳은 돌쩌귀 매단 문설주"가 햇볕에 몸을 말리고 "서슬 푸르렀던 지난 시간들"이 잦아드는 외진 곳을 함께할 사람이기도 하다. 그렇게 '무량'의 품과 깊이를 지닌 한 사람과 함께 "길에서 산짐승을 만나도 피하지 않는" 무량리를 지나 "부력을 잃고 뜬 물고기처럼" "시간을 강에 빠뜨리고 느릿느릿 걷고" 있는 시인의 모습은 그 자체로 '무량'의 기억을 환기한다. 한적하고 느리고 깊은 시간은 "아직도 댓돌 위에 놓여 있는 삭은 고무신 한켤레"(「무녀도」)처럼, "오랜 동안 골목 담벼락에 매달려 먼지 낀 거울들"(「낙원, 그 하루」)처럼, "가난한 이들 마음을 여닫는 소리"(「천국의 계단」)를 품으려는 '시인 노향림'의 존재론적 원적(原籍)을 환기하는 원천적 힘이었을 것이다.

이처럼 노향림 시인이 가닿은 기억 속에는 구체적 일상의 힘겨운 무게를 지고 느릿하게 통과해가는 시간이 농울치고 있다. '폐염전'이나 '무량리'는 그 기억이 가득한 '시간의 공간'인 셈이고, 시인은 그 안으로 직핍(直逼)하면서 우리로 하여금 근원적 시간 경험을 밀도 있게 치러내게끔 해준다. 물리적 시간 그대로가 아니라 시인의 의식 안에 재구성된 작품 내적 시간을 통해서 말이다. 그렇게 시인은 의식 건너편의 기억을 복원하면서 우리가 속도에 떠밀려 잃어버린 것들을 재현하는 데 깊은 공을 들인다. 그것은 인간 삶의 시간성과 실존적 운명의 표정을 낱낱이 형상화함으로써 구현하려는 궁극적 관심이기도 하다. 결국 노향림의 시는 잃어버린 것들을 복원하고 변형하는 일에 심혈을 기울이면서, 서정시를 향한 오랜 양식적 요청에 부응하는 지속적 관심과 역량을 일관되게 보여준다.

3. '시'와 '시인'에 관한 심층적인 메타적 의식

모든 시인은 모어(母語)의 고유한 질감을 최대한 살려 독자들에게 깊은 언어적 공감을 주는 데 궁극적 목표를 둔다. 근대적 언어예술로서의 시는 그렇게 동일성으로 확립된 모어의 심미적 가능성을 세련화하고 극대화하는 역할을 줄곧 맡아왔다. 말라르메(S. Mallarme)가 '민족어의 요술사'라고 시인을 규정한 근저에도 이러한 시의 역할에 대한 믿음이 깔려 있었을 것이다. 아닌 게 아니라 노향림 시인은 삶의 편재적(遍在的) 비애와 고통을 정갈하고도 선명한 모어에 담아 노래해왔다. 풍경의 세부를 품은 채 근원적 소리를 들으며 세상 밑바닥을 모어의 예민한 감각으로 투시해왔으며, 한걸음 더 나아가 세상을 차분하게 관조하는 시선과 '너머'의 세계를 바라보려는 시선을 결속하면서 '시'와 '시인'에 대한 실존적 탐구를 수행하기도 하였다. 다음 시편은 지난 시집 『바다가 처음 번역된 문장』(실천문학사 2012)에 실린 「베스트셀러 시인」의 후속편으로 읽을 만한데, "독자 한 사람의 가슴을 울리기 위해" 시를 써가는 시인의 존재론을 아름답게 안아들이던 시인의 품이 더욱 고백적인 목소리로 나아간 사례이다.

함박 눈발이 아파트 창에 부딪는 날
혼자 넋 놓고 창밖을 바라보는데
6동 반장이 벨을 누른다.
긴급 안건으로 모두 모이는 반상회란다.
처음으로 참석해 출석 싸인을 하는데
이를 본 한 여성이 어마 시인이시네요,
젊은 날 쓰신 시집 애독자였어요.
옆자리 중년 여성도 한마디 한다.
요즘 시는 시인들끼리만 본다던데요.
아직도 시를 읽는 독자 있어요?
그럼요, 단 한 사람의 독자가 있을 때까지
시인은 시를 쓰지요, 말해놓고 나는
눈 오는 창밖으로 시선을 돌리고 말았다.
단 한 사람의 숨은 독자는 바로 그 시를 쓴

시인 자신인걸요.
목젖까지 차오르는 이 말 뒤로
한결 더 소리 낮춰 절규하듯 내리는 함박눈
나는 회의 시작 전에 슬그머니 밖으로 나오고 말았다.
차선도 보도블록도 경계가 지워진 설국(雪國)
하늘과 땅 사이가 넓은 백지의 대설원이다.
그 백지의 시 몇줄에 필생을 건 나는
언제나 긴급 안건은 그것뿐이라고
나는 내 시의 독자다, 혼자 소리친다.
공중에서
놀란 눈발들이 한꺼번에 부서져내린다.
출입금지 팻말을 단 아파트 화단 목책 너머
눈 뒤집어쓴 키 큰 나무들의 적막한 발등에
나는 그만 시 한줄 꾹꾹 눌러 찍고 돌아 나온다.
　　　　　　　──「단 한 사람의 숨은 독자를 위하여」 전문

　반상회 시간에 오간 대화에서 시인은 '시인/독자'의 관
계론을 상상해본다. 이 시편에는 '창'으로 갈라진 '방 안'과
'창밖'이 있고 '함박 눈발'과 그로 인한 "경계가 지워진 설
국"이 있다. 이때 "백지의 대설원"은 시쓰기의 배경이자 동
력을 은유하는 형상일 터이다. 시인은 애독자들로부터 들은
말에서 자신에게 '긴급 안건'이란 "그 백지의 시 몇줄에 필
생을 건" 것일 뿐이라고 생각한다. "그럼요, 단 한 사람의 독

자가 있을 때까지/시인은 시를 쓰지요"라는 답변은 그 자체로 노향림 자신의 시론이 되고, "단 한 사람의 숨은 독자는 바로 그 시를 쓴/시인 자신"이라는 고백은 그 자신의 독자론이 되는 셈이다. 결국 시인은 "목젖까지 차오르는 이 말"을 배음(背音)으로 하여 "나는 내 시의 독자"라고 역설적으로 노래한다. 이때 시인이 발견한 "화단 목책 너머/눈 뒤집어쓴 키 큰 나무들"은 바로 시인 자신의 초상으로 귀착한다. 그래서 우리는 시인이 노래한 '숨은 독자'들이 시인이 생각하는 '시인'의 형상 자체일 것이라고 믿게 된다. 이 시편은 '시인'의 존재론에 대한 탐색의 뚜렷한 결실로서, 이러한 고전적 치열성의 시인론은 "혼신을 다해 구도하는 심정으로 산에 오르는/이들의 작업은 시 한편 찾는 일과 같으리라"(「채밀꾼」)는 발견과 동궤에 놓이고, 궁극에는 "한 문장도 채우지 못한 백지 한장"(「면류관을 쓴 선인장」)을 안고 시를 써가는 시인 자신의 실존적 초상으로 다가온다.

나는 다른 하늘을 꿈꾼다.
전생은 어느 인디언 마을의 원주민
본적은 움막을 틀었던 이억만년 전의
그 나무 화석이 있는 곳
얼음과 눈 덮인 언덕은 나의 요새였다.
뽀얀 어금니만 한 나뭇잎이 늦겨울부터 얼굴을 내미는
그 마을은 시인의 마을이라 해도 좋다.

한번도 먼 마을에는 여행 간 적 없이
오로지 야성의 본능대로 도자기에 무늬를 새기듯
그것이 시인 줄 모르고 시를 새겼다.
추위와 혹독한 얼음 바위를 뚫어
내가 만든 요새엔 한땀 한땀 혈흔처럼
시의 무늬 새겨져 있다.
이따금 나는 둘레를 돌며 도자기에 새길
천연 글감 얻으러 나귀 타고 마실 간다.
동면에서 마악 깨어나 튕겨져 오른
오소리의 통통 튀는 울음소리
눈 위의 얼음새꽃
얼음장 속 집을 짓는 벌새 날갯짓 소리
눈꽃 속 가녀린 흰 잎 흔드는 은방울꽃 찾아간다.
이억만년 전의 둥지에서
도자기에 새길 천연 이미지 얻으러 나왔다가
사시사철 흰 어금니만 한 잎새들
눈처럼 반짝이는 본적지 언덕에서
잠깐잠깐 나는 꿈꾸곤 한다.

　　　　　　　　　　　　　　　─「시인의 본적지」 전문

　노향림 시인은 "시간 속에서 잊혀가고 소외된 시의 본적
지"(「시인의 말」)를 말한 바 있는데, 이 시편에서 말하는 '본
적지' 역시 "제 몸속에 불꽃 환하게 피울 날 올 거라는 믿음"

(「느릅나무를 숨 쉬다」)으로 망각과 소외를 견뎌가는 역설의 공간일 터이다. 시인이 꿈꾸는 "다른 하늘"은, 시의 '다른 목소리'처럼, 일상을 넘어선, 익숙한 복제품을 벗어난, 시원(始原)과 창신(創新)의 차원을 찾아가는 실존의 통로 같은 것이다. 시인은 전생에는 "어느 인디언 마을의 원주민"이었고 자신의 본적은 오래전 '움막'과 '나무 화석'이 있는 곳이었음을 토로한다. 그 "시인의 마을"에서 시인은 "야성의 본능대로 도자기에 무늬를 새기듯/그것이 시인 줄 모르고" "혹독한 얼음 바위를 뚫어" 시의 무늬를 새겨갔다. 우연히 만나는 오소리 울음 소리나 "눈 위의 얼음새꽃" 혹은 "얼음장 속 집을 짓는 벌새 날갯짓 소리"야말로 그 오래전부터 시인을 시인이게끔 한 "본적지 언덕"의 풍경이었던 것이다. 그러니 시인의 본적지는 "색색의 종이에 불붙여 바다에 띄운 어린 날내 말들의/유목이 시작되었던 곳"(「나의 유목」)이고, "아직도 환히 부신 기억"(「돌아온 첫 시집」)이 흔들리고 있는 "추억 속 변함없이 반짝이는"(「하와이」) 아름다운 언덕 같은 곳이지 않았겠는가.

우리가 잘 알듯이, 시를 정의하고 범주화하는 물리적 토대는 '언어'일 것이다. '언어(로 이루어진) 예술'이라는 자명한 기준은 시의 정체성을 규율하는 가장 근원적인 표지(標識)이기 때문이다. 말할 것도 없이 시인은 언어에 대한 자의식으로 충일한 자이며, 시는 언어를 질료로 하여 세계를 형상화한 미학적 결실이라 할 수 있다. 언어적 상징에 대해

각별한 견해를 내놓은 카시러(E. Cassirer)가 "인간은 언어가 형성해주는 현실만 알 수 있을 뿐이다"라고 말할 때, 우리는 언어를 통하지 않고는 어떤 의식도 형성할 수 없음을 알게 된다. 그만큼 언어는 사물의 질서를 구성하는 불가결한 매재(媒材)이고, 시인은 바로 그 언어를 통해 사물의 질서와 근원적 실재에 가닿으려는 언어적 자의식을 지닌 자인 셈이다. 노향림 시인은 언어의 도구적 기능을 훌쩍 넘어 언어 자체를 탐색하는 데 공을 들이면서 '시'와 '시인'에 관한 심층적인 메타적 의식을 이처럼 구체적으로 노래하고 있는 것이다.

4. 사랑의 시간을 숨긴 '푸른 편지'의 시학

노향림의 이번 시집은 '시'라는 장르의 역사적 규율을 사유케 하는 메타적 속성을 유감없이 드러낸다는 면에서 어느 때보다도 중요한 역사성을 함유한다. 최근 우리가 경험하고 있듯이 현대시는 더이상 동일성의 방법과 세계관을 고수하지 않는다. 시인들은 동일성 담론을 거부하면서 세계와의 치명적 불화를 발화하는 데 주력하고 있기도 하다. 하지만 노향림의 시는 잃어버린 시간에 대한 역설의 추구를 통해 회귀적인 시간과 기억의 자기 규정성을 견지해감으로써 우리 시의 환한 역설의 방법론을 고전적 혜안으로 제시한다. 언어뿐만 아니라 주제를 담은 음역(音域)에서도 가장 심원하고 절절한 사랑의 마음을 담아 고전적이고 투명한 시학을 구성해간다.

시 한편 내려놓을 집 한칸 짓지 못했습니다 겨우 기찻길이 지나는 황톳빛 언덕 도원(桃園)에 방 한칸 세 들어 삽니다 내가 말했을 때 당신은 환하게 웃으며 내 창문을 가리켰습니다 바닷가 갯벌 냄새 물씬 나는 놀 한채 통째로 내준다고 했을 때 잠시 내 몸 안에서는 일파만파 싱싱한 파도 소리가 흘러넘쳤지요

서향(西向)으로 난 창에 황금빛 놀이 머물면 눈이 시립니다 불면에 시달리지요라고도 말했습니다 당신은 밤하늘을 날아 내 마음 몇바퀴 돌아도 도원에 이르는 길 찾지 못할 겁니다 당신이 탄생좌나 찾아보라고 창가에 놓아두고 간 작은 수정(水晶) 새 한마리 언제쯤 정말 날개 퍼덕이며 내 몸의 적막을 뚫고 날 수 있는지요 결국 이 말은 무릉도원처럼 더욱 깊숙이 숨겼지요

　　　　　　　　　　　　　　　　─「도원에 이르는 길」 전문

여기서 '도원(桃園)'이란 가장 아름답고 원형적인 시공간의 다른 이름일 것이다. "시 한편 내려놓을 집 한칸" 마련하지 못해 "기찻길이 지나는 황톳빛 언덕"에 세 들어 사는

'나'와 그런 '나'에게 "바닷가 갯벌 냄새 물씬 나는 놀 한채"
를 내준다고 하는 '당신'은 '시인-독자'처럼, '주체-타자'처
럼, 서로가 서로를 있게끔 해주는 호혜적 존재자일 것이다.
또 순간적으로는 아득하게 서로 멀어져가기도 하는 존재자
들일 것이다. 그러나 시인은 정작 '당신'은 오래도록 "도원
에 이르는 길" 찾지 못할 것이고, 자신이 써가는 '시'는 무릉
도원처럼 더욱 깊숙이 숨어버릴 것이라고 노래한다. 시인
의 시는 "그대가 원한다면 내 기꺼이/푸른 융단이 되겠다고
한 서약"(「잔디밭 이야기」)의 힘으로, "제 몸속 감옥을/저처럼
견디고 있는"(「느릅나무를 숨 쉬다」) 모습처럼, 사랑의 노래를
깊이 숨겨갈 것이기 때문이다. 그리고 그렇게 '무릉도원'처
럼 깊이 숨어버릴 사랑의 노래는 부치지 못한 편지 안에도
있다.

　　작은 창문을 돋보기처럼 매단 늙은 우체국을 지나가면
청마가 생각난다 '에메랄드빛 하늘이 훤히 내다뵈는 창
유리 앞에서 너에게 편지를 쓴다'는 청마 고층 빌딩들이
라면 상자처럼 차곡차곡 쌓여 있는 머나먼 하늘나라 우
체국에서 그는 오늘도 그리운 이에게 편지를 쓰고 있을
까 '사랑하였으므로 나는 진정 행복하였네라'라고 우체
국 옆 기찻길로 화물열차가 납작하게 기어간다 푯말도 없
는 단선 철길이 인생이라는 경적을 울리며 온몸으로 굴러
간다 덜커덩거리며 제 갈 길 가는 바퀴 소리에 너는 가슴

아리다고 했지 명도 낮은 누런 햇살 든 반지하에서 너는
통점 문자 박힌 그리움을 시집처럼 펼쳐놓고 있겠다 미처
부치지 못한 푸른 편지를 들고 별들은 창문에 밤늦도록
찰랑이며 떠 있겠다

——「푸른 편지」 전문

　시집 표제작인 이 시편에서 시인은 '돋보기/늙은 우체
국'이라는 기표가 환기하는 오랜 원적을 다시 한번 상상해
본다. "에메랄드빛 하늘이 훤히 내다뵈는 창유리 앞에서 너
에게 편지를 쓴다"라는 구절을 우리에게 남겨준 청마(靑馬)
를 떠올리면서 그가 오늘도 "머나먼 하늘나라 우체국에서"
그리운 이에게 "사랑하였으므로 나는 진정 행복하였네라"
라고 편지를 쓸 것을 상상하는 대목에서는 청마의 상황과
언어가 고스란히 시인 자신의 것으로 전이되는 느낌을 준
다. 그렇게 "우체국 옆 기찻길"에서 시인은 "단선 철길이 인
생이라는 경적을 울리며" 지나갈 때 "통점 문자 박힌 그리
움을 시집처럼 펼쳐놓고" 있을 '너'를 생각한다. 그때 별들
도 "미처 부치지 못한 푸른 편지"를 들고 창가에서 "밤늦도
록 찰랑이며" 떠 있을 것이다. 아직 시인에게 부쳐지지 못한
그 '푸른 편지'야말로 시인의 마음 깊은 곳에서 쓰고 싶었던
"푹 삭힌 시 한편"(「남도 식당」)이기도 할 것이고, "섬세한 선
율로 내 마음 적신"(「봄밤의 선물」) 시간의 축적이기도 할 것
이고, "푸름을 넓히고 서 있던 하늘"(「담쟁이덩굴 집」) 아래

함께 나누었던 사랑의 시간이기도 할 것이다. 그렇게 '당신/
너'와 나눈 사랑의 시간을 숨긴 '푸른 편지'의 시학이 푸르
게 푸르게 깊어만 간다.

　지금까지 우리가 읽어온 노향림의 시집은 인간이 인위적
으로 그어놓은 경계의 표지를 지우면서, 그 자재로움이 바
로 우리가 상실했던 생명의 속성이자 원리라는 점을 역설
한다. 이러한 지향은 우리 시대의 불모성과 실용주의적 기
율 범람에 대한 유력한 시적 항체가 되어줄 것이다. 또한 노
향림의 시는 근원적 시간을 지워버리는 세속적 효율성에서
훌쩍 벗어나 흔적이나 그림자를 따라가며 헤아릴 때 비로소
나오는 시간 개념을 복원한다. 이때 그가 노래하는 것은 분
절적 시간에 대한 의식이 아니라 내면의 흐름으로서의 시
간에 대한 의식이다. 그렇게 "한겨울에도 빛을 발하는 저 나
무들"(「힐링 캠프」)처럼 "매시간 숨죽이며 듣는 내 안의 낙타
소리"(「시계는 낙타 울음소리로 운다」)를 "생의 미궁을 보아버
린 자의 의연함으로/적멸을 향한 자의 처연함으로"(「꽃이 지
면 날개만 남는다」) 듣고 노래한 노향림의 이번 시집은 존재
론적 원적으로서의 사랑의 기억을 융융하고 아름답게 담아
낸 심미적 풍경으로 오랫동안 우리 마음을 깊이 출렁이게
할 것이다.

柳成浩 | 문학평론가

　낯선 풍물과 사람들에게서 설레며 시를 찾다보면 늘 시는 새로움이라는 사실을 깨닫는다. 낯설게 느껴지도록 시는 새로움만 요구한다. 그렇게 낯설고 살아 있는 시를, 과연 나는 몇편이나 썼을까 새삼 질문을 던져본다.

　푸른, 푸름이란 얼마나 무한대인가. 한겨울 깊은 땅속에 파묻힌 씨앗이 봄에 움튼다. 누가 그랬던가, 시의 씨앗을 사람들 마음 안에 다 틔워주는 일이 시인의 사명이라고.

　시간 속에서 잊혀가고 소외된 시의 본적지로 나는 오늘밤도 푸른 편지를 쓰리.

2019년 6월
노향림

창비시선 433

푸른 편지

초판 1쇄 발행 / 2019년 6월 20일

지은이 / 노향림
펴낸이 / 강일우
책임편집 / 박지영
조판 / 한향림
펴낸곳 / (주)창비
등록 / 1986년 8월 5일 제85호
주소 / 10881 경기도 파주시 회동길 184
전화 / 031-955-3333
팩시밀리 / 영업 031-955-3399 편집 031-955-3400
홈페이지 / www.changbi.com
전자우편 / lit@changbi.com

ISBN 978-89-364-2433-6 03810